祟り神さまの災《さい》愛《あい》なる花嫁

東堂 燦

角川文庫
24624

目次

序

婚礼の夜。

暗闇に明かりを灯《とも》すように、藤の花房が揺れている。

樹齢千年は超えるという山藤からつくられた藤棚は、端が見えないほど広く、どこまでも続くようだった。

十九歳になったばかりの片城未砂《かたしろみさ》は、あちらこちらに咲く藤を見あげる。

(こんな季節に咲く花ではないのに)

山藤の盛りは、春のことだった。

本日は冬至であり、間違っても花をつけるような時季ではなかった。

「この藤は、枯れることなく咲き続けているんだよ。ずっと」

未砂は隣に立っている男を見た。

背は高いものの、線は細く、華奢《きゃしゃ》な印象を受ける。

男らしさとは無縁だったが、その代わり、雨に濡《ぬ》れた花のような雰囲気があった。

つくりもののように整った貌《かお》も、その憂いを帯びた美しさを引き立てる。

宝条亜樹《ほうじょうあき》。

この美貌《びぼう》の男が未砂の伴侶《はんりょ》だと言っても、誰も信じてくれないだろう。

「知っている。神様の憎しみが消えないから、花が散らないんでしょう?」

「そう。俺たちの先祖の憎悪が終わらない限り、永遠に咲き続けるんだよ」

藤の下には、はるか昔、非業の死を遂げた男が眠っている。

愛する女に裏切られて、死後、祟《たた》りを引き起こす怨霊《おんりょう》となった。

天災や飢饉《ききん》、流行病《はやり》など、数々の恐ろしい禍《わざわい》を齎《もたら》して、たくさんの罪なき命を奪ってきたのだ。

そのような怨霊を前にして、人が為《な》すべきことは、ただ一つ。

未砂たちの生まれた《月影《つきかげ》》という島国には、古《いにしえ》より、怨霊を鎮めることで神としてきた歴史があるのだ。祀《まつ》りあげることで、祟りを引き起こす怨霊から、恩恵を授けてくれる神とする。

世に言うところの《祟り神》だった。

「宝条の一族は《祟り神》のおかげで繁栄してきた。すごいよね。数えきれないくらいの罪なき命を奪った怨霊。そんな人殺しの罪を償うどころか、自分たちの欲のために利用してきたんだ」

亜樹の声からは何の温度も感じられなかった。

自分たちの一族の発展は血塗られた歴史と共にあることを知りながらも、どこか他《ひ》人事《とごと》のようであった。

「利用してきたのではなく、これからも利用する。だから、あなたは花嫁として迎えた。わたしのことを」

祟り神は、祀りあげ、鎮める限りは富をもたらす。

未砂たちの婚姻は、神を鎮めるための手段に過ぎない。

好き合って結ばれたのではなく、必要だから夫婦となった。

（この婚姻は一方的な契約じゃない。わたしにだって利益があるから、亜樹の手を取った。でも）

どうしてか、胸がつかえたような切なさに襲われる。

一緒に過ごしたのは三か月にも満たない時間であるのに、未砂は自分が思っているよりもずっと強く、亜樹に心を傾けていたのかもしれない。

「違うよ。本当は、神様のことなんて、どうでもいいんだ。——好きだよ。君のことが好きだから、君を花嫁として迎えたかっただけ。ねえ、未砂」

亜樹は微笑む。

此《こ》の国の人間にしては珍しい藤色の目には、どこにでもいるような黒髪の女が映っている。表情が硬いせいか、どこか不機嫌そうにも見える女だった。

そんな可愛げのない花嫁を前にしても、亜樹は揺らがない。

まるで大事な宝物を愛《め》でるような、優しいまなざしを向けるのだ。

「愛しているよ。どんな犠牲を払っても、君だけは幸福にしてあげる」

それは蜜《みつ》をとかしたような甘い声だった。

一.

時に、人は語る。

禍福は糾《あざな》える縄の如し。幸も不幸も、縒《よ》り合わせた縄のように、交互にやってくるもの。

あるいは、人生はプラスマイナスゼロ。幸も不幸も、最終的には帳尻《ちょうじり》が合うようにできている。

信じる信じないはさておき、たいていの人間が、そのように言われたら反論できなくなる理屈だった。

だが、未砂は思うのだ。

それは、ふつうの人間にとっての理屈であり、自分には当て嵌《は》まらない。

(わたしの人生には、いつだって禍《わざわい》が多い。たくさんの不幸が起きる)

大学終わり、夕方から夜にかけてのバイト。

昔ながらのレトロな雰囲気の喫茶店《晴れ風》、その厨房《ちゅうぼう》で皿洗いをしていた未砂は、ゆっくりと瞬《まばた》きをする。

洗い場の頭上にある吊《つ》り棚には、ナポリタンやサンドイッチといった軽食用の平皿が納められている。丁寧に重ねられた皿は、人が触るか、地震でも起きない限りは動かない。

動かないはずなのに、皿が、ぐらり、と不自然に傾いて、落ちてくるのが視界の端に映った。

一瞬の出来事だったが、いやに遅く感じられた。

（落ちる）

咄嗟《とっさ》に、未砂は頭を守るように腕をまわした。何枚もの皿が、未砂の身体めがけて落ちてくる。

瞬間、厨房には、次々と皿の割れる音が響いた。

「未砂ちゃん⁉」

エプロン姿の店長が、野菜を切っていた手を止める。明日《あした》の仕込みをしていた彼女は、真っ青な顔で、未砂に駆け寄ってきた。

恐る恐る、未砂は頭を守っていた腕を下ろした。

周囲には、割れてしまった皿が散乱していた。未砂の身体に当たったあと、そのまま床に落ちてしまったのだろう。

「店長、すみません。お皿が」

「皿なんて、どうでも良いの！　怪我はない？　ごめんなさい。いま、お皿、急に落ちてきたよね？」

「きっと、偶然、落ちてきたんだと思います」

そう言いながらも、未砂自身は分かっていた。

偶然ではない。不自然に落ちてきた皿は、未砂に怪我を負わせるために落ちてきたのだ。

物心ついたときから、すでにそうだった。

亡き母にも、疎遠になった父にも確かめたことはないが、もしかしたら生まれたときからだったのかもしれない。

未砂の人生には、いつも不幸が付きまとう。

頭上から物が落ちてくるなど、さして珍しいことではない。

怪我を負わなかっただけ優しい部類だろう。

(半年前は、けっこう大きい怪我になったから)

大学進学のため、この藤庭《ふじにわ》市で一人暮らしをはじめた四月のこと。

高層ビルや百貨店が建ち並ぶ駅前を歩いていたところ、近くの工事現場から倒れてきた資材の下敷きになり、しばらく入院していた。

(あのときも今回も、誰も巻き込まなかったのは良かったけど)

未砂の不幸は、未砂だけではなく、傍にいる人を巻き込むこともある。自分が怪我をするよりも、誰かを巻き込んでしまったときの方が苦しかった。

「未砂ちゃん、本当に平気？　やっぱり怪我をしているんじゃない？」

「怪我はないです。わたしのことよりも、明日の営業は大丈夫ですか？」

今夜の営業は、あと十分もしないうちに終わる。すでに店内に客はおらず、おそらく、このまま閉店時間の九時になるだろう。

しかし、けっこうな枚数の皿が割れてしまったので、明日のことが心配だった。

「予備のお皿があるから平気よ。それに、明日はお休みにする予定だったから。……お皿の後始末、こっちでやっておくから、今日はもう上がって」

「そんな悪いです。片付けくらいさせてください」

「帰りが遅くなるからダメ。一人暮らしのお嬢さんを、遅くまで引きとめたくないの。未砂ちゃん、進学のために藤庭に来たでしょう？　何かあったら、ご家族に申し訳ないわ」

「まだ九時です」

「もう九時よ。……次のシフトは週末だったと思うけど、しばらく休む？　他の子に頼むから」

「わたしがいると、ご迷惑ですか？」

「迷惑だなんて思っていないわ。たくさんシフトに入ってくれて、すごく助かった。でも、こんなことがあったんだもの。少し休んだ方が良いと思うの。ね？」

店長の声は優しかったが、まるで未砂に言い聞かせるようで、拒むことのできない雰囲気があった。

「分かりました」

未砂の返事に、店長は安心したように表情を和らげた。

「シフトのこと、また日をあらためて連絡するわ」

「……はい。お待ちしていますね」

未砂は一礼してから、バックヤードに入った。

一人きりになった瞬間、思わず溜息《ためいき》が零《こぼ》れてしまう。

店の吊り棚から皿が落ちてきたのは、今日が初めてだった。しかし、度々、似たような不幸が起きている。

珈琲《コーヒー》のサイフォンのフラスコが立て続けに割れたり、いつもどおりの営業なのに電気のブレーカーが落ちたまま戻らないこともあった。

店長とて、おそらく不審に思っていたはずだ。

どうして、未砂がバイトに入っているときに限って、理由の分からない不幸が起きるのか。

（これ以上迷惑をかける前に、自分から辞めた方が良いのかも。しばらく短期バイトの数を増やせば、何とかなるはず。高校のときよりは時間の融通が利くから、きっと

大丈夫）

未砂は心の中でつぶやきながら、バックヤードにある裏口から出た。十月の夜風が、ひゅるり、と吹く。

一歩外に出た途端、冷たい雨が頬を打った。

天気予報は晴れだったというのに、未砂が帰るときになって雨が降るのだ。

良くあることなので、大学の通学に使っているナイロンリュックには、いつも折り畳み傘を忍ばせている。

数百円で買った飾り気のない傘を差して、夜道を歩きはじめる。

喫茶店《晴れ風》は、都市開発が進んでいる駅近くのエリアから少し離れている。何車線もあるような大きな道路にあるのではなく、辛うじて車がすれ違えるくらいの狭い道路が入り組んでいる場所だ。周囲は騒々しさとは無縁で、普段からあまり人気もない。

近くにある未砂のアパートまでも、ずいぶん静かなものだ。

未砂にとって、いつもどおりの帰り道のはずだった。

しかし、いつもと違う光景が、アパートの手前にある公園の傍を通るとき目についた。

（男の人？）

黄みがかった街灯の明かりが、公園を照らしている。

スーツ姿の若い男が、ブランコに座っていた。こんな雨なのに、傘も差さずぼんやりとしている。

どうしてだろうか。

その横顔を見たとき、きゅう、と胸がしめつけられた。

悲しそうな表情を浮かべているわけではないのに、ひどく悲しげに見えた。

男の頬を濡《ぬ》らしているのは雨だと分かっているのに、彼が泣いているように思ったのだ。

気づけば、未砂は駆け出していた。

「お兄さん。大丈夫ですか？」

男の頭上に向かって傘をかざす。

そうすることで、未砂自身が濡れることになっても構わなかった。彼のことを放っておくことができなかった。

今の今まで、未砂の存在に気づいていなかったのか。

雨粒が傘に遮られたことで、ゆっくりと男は顔をあげた。

少年というには成熟しているが、働きざかりの大人の男性というには若い男だ。

年の頃は、おそらく大学一年生の未砂と同年代だ。

しかし、リクルートスーツではなく、会社員が着ているようなスーツ姿だったので、学生ではなく社会人なのだろう。

ぞっとするほど整った顔立ちの男だった。

モデルや俳優、あるいは人気のアイドルと言われても不思議ではない。

此《こ》の国の人間にしては珍しく、未砂のような黒髪ではなく柔らかな茶髪だった。

雨に濡れているせいで、多少、色が濃く見えるのだろう。太陽の下だったら、もっと淡く、蜂蜜《はちみつ》みたいな優しい色をしているのかもしれない。

透けるように白い膚《はだ》と、その髪は良く似合っていた。

だが、未砂がいちばん印象的に思ったのは、その美貌《びぼう》や髪の色ではなかった。

長い睫毛《まつげ》にふちどられた、紫の双眸《そうぼう》だ。

(綺麗《きれい》。藤の色だ)

吸い込まれるような、美しい花の色。

不意に、未砂の頭のなかに記憶の残滓《ざんし》のようなものが浮かんだ。この藤色を知っている気がした。

十年前、母が亡くなったときのことだ。

降りしきる雨のなか泣いていた、小さな未砂のもとに――。

「濡れてしまうよ。風邪を引いたら大変だ」

耳に心地よい天鵞絨《ビロード》のような声だった。昔のことを思い出そうとしていた未砂は、その声によって、現実に引き戻された。

わずかによみがえった記憶が、また遠ざかってゆく。

忘れてしまっていた、けれども大事な記憶。それに指先だけかすめたようなもどかしさが、まるでひっかき傷のように残る。

「お兄さんこそ、こんな雨のなかにいたら風邪を引きます。もしかして、もう風邪を引いているかも。具合が悪くて、動けなくなりましたか？」

男はゆっくりと首を横に振った。ありふれた仕草でさえも、映画のワンシーンのようだった。

「元気だよ。悩み事があって、考え込んでいたら、急に雨が降ってきてしまったんだ。頭を冷やすのには、ちょうど良かったのかもしれないけど」

「……頭が冷えて、悩み事も解決しましたか？」

「ぜんぜん。それどころか、今になって、ますます、どうしようかな、と迷っているところ」

迷ったまま、この雨のなか一人きり過ごすのだろうか。

見ず知らずの男だ。傘を差し出したことで終わりにして、この場を去るべきだ。常識的に考えたら、それが正解なのだろう。

(でも、一人にできない。この人を独りにしたくない)

お人好《ひとよ》し、と誰かが頭のなかで囁《ささや》く。

だが、そうではないことを未砂は知っている。目の前の男を心配している気持ちも嘘ではないが、これは過去の自分を慰めるためでもある。

もし、雨のなか彼と同じように一人きりだったら、隣に誰かがいてほしい。

ほんの少しだけよみがえった記憶では、未砂は雨のなか泣いていた。

はっきりとしたことは思い出せなかったが、あのときの未砂は、きっと、傍にいて心配してくれる人がほしかったはずだ。

小さな未砂がそうしてほしかったように、この人に優しくしてあげたい。

「わたしで良いなら、お話を聞きましょうか？　何の役にも立てないかもしれませんが、話したら、少しは気持ちが楽になるかも」

「こんな怪しい男なんて、見ない振りすれば良かったのに。怖い目に遭うとは思わなかったの？」

「たとえ、怖い目に遭ったとしても。見ない振りをするより、ずっと良い、と思いました。……本当は、そんなことないかもしれないけど。お兄さんが、とても悲しそうで、泣いているみたいに見えたので」

男は目を丸くしたあと、柔らかな笑みを浮かべた。

「優しいね。――好きな人がいるんだ。彼女のことを考えるなら、俺の恋心は伝えるべきではない。気持ちなんて伝えなくても、俺のするべきことは変わらないから。でも、どうしても諦《あきら》めがつかないんだ」

「好きな人に、あなたの気持ちを知ってほしい？」

男は小さく頷《うなず》いた。

「忘れないでほしいんだ、俺のことを」

「わたしは恋をしたことがないので、お兄さんと同じ恋愛の《好き》は分かりません。……でも、好きな人には、好きと言った方が良いと思います。人生は何が起きるか分からなくて、あなたの好きな人が、もう会えない場所に行ってしまうことだってあります」

未砂の頭には、亡き母の姿が浮かんでいた。

いってきます、という言葉を最後に、母は帰らぬ人になった。

好きな人にいつでも会える、というのは嘘だ。どれだけ叫んでも、手を伸ばしても、届かない場所に行ってしまう人はいる。

「会えない場所。死後の世界かな？」

「死後の世界でも、遠い場所でも。自分も相手も、誰だって人生は一度きりです。その一度きりのなかで、好きな人ができることも、その人に好きだと言えることも、きっと、奇跡みたいに幸せなことです」

「たしかに、彼女と出逢《であ》えたことは奇跡みたいに幸せなことだった」

彼は一度だけ目を伏せてから、ゆっくり開く。まるで眼裏に好きな人のことを思い浮かべたように。

「すみません。赤の他人が偉そうに」

「謝らないで良いよ。君の言葉が、何よりも勇気をくれる」

男は、まるで自分に言い聞かせるかのようにつぶやいてから、ブランコを下りた。

そうして、未砂の前に跪《ひざまず》いた。

雨が降っているので、公園の地面はぬかるみ、綺麗とは言いがたい。膝《ひざ》をついたことで、男のスーツが泥で汚れてゆく。

未砂は顔を青くした。

今まで薄暗くて気づかなかったが、男のスーツは、生地からして既製品とは違うようだった。

おそらくオーダーメイドの高級品だ。

男の体形にぴったりと沿うようにつくられていることも、彼のために誂《あつら》えられたスーツであることを示していた。

「片城未砂さん。どうか、俺と結婚してください」

スーツのことに気を取られていた未砂は、一瞬、何を言われたのか理解できなかった。

目を丸くしたまま、身体の動きを止めてしまう。

「結婚してください」

聞き間違いと思いたかったが、そんな未砂に念を押すように、もう一度、男は求婚してくる。

「わたし、と？　いま、はじめて会ったばかりですよね。あなたの名前も知らないのに……」

「亜樹《あき》。宝条亜樹《ほうじょうあき》」

「な、名前を知ったからといって、初対面の人とは結婚したりしません」

「初対面ではないよ。やっぱり、俺のことは忘れてしまった？　仕方ないか。十年前のことは、きっと、君にとっては特別なことではなかったから」

「……なにを、言って」

戸惑いをあらわに、未砂は一歩後ずさってしまう。傘を握っている手に力が入らなくなって、そのまま落としてしまった。

降りしきる雨のなか、亜樹と名乗った男は、じっと未砂を見つめていた。

宝物でも愛《め》でるような、甘く、優しいまなざしだった。

藤色の目に見つめられると、どうすれば良いのか分からなくなった。その美しい色を、未砂は知っている気がするのだ。

それなのに、はっきりと思い出すことができない。

「好きだよ。君のためなら死んでも良いくらい、君のことを愛しているんだ」

砂糖を煮詰めたような、甘ったるい声だった。

だが、その声とは裏腹に、指一本、未砂に触れようとはしない。跪いて、許しを請うだけだった。

許し――未砂が、はい、と頷くことか。

好きと言ってくれたのならば、何かしらの返事が必要だろう。人生は一度きりと言った未砂の話を聞いて、勇気を出してくれたのかもしれない。

しかし、やはり知らない人とは結婚できない。

「……っ、ご、ごめんなさい！」

未砂は混乱したまま、なんとか返事をしぼり出した。どうすれば良いのか分からなくなって、亜樹に背を向けて、よろよろと走り出す。

公園を出るとき、一瞬だけ振り返る。

亜樹は追いかけてこなかった。その代わりに、微笑んで、ひらひらと片手を振っていた。

まるで、またね、とでも言うように。

◇◆◇◆◇

息を切らしながら、未砂はアパートに駆け込んだ。

夜だというのに、ずいぶん大きな足音を立ててしまった。

築四十年を超える二階建てのアパートは、部屋数が少なく、一階に至っては未砂の借りている部屋以外は空いている。だから、他の住人の迷惑にはなっていないと思うが、大家に苦情が入らないことを祈る。

(結婚って。そもそも、あの人、どうして、わたしの名前を知っていたの？　初対面じゃない、と言っていたけど)

「やっぱり人違い？　いや、人違いなら、わざわざ名前を呼んだりしない。……す、ストーカーとか？」

だが、ストーカーにしては、未砂に危害を加える素振りがなかった。

人目のない夜の公園で二人きりだった。あの男の言っていた怖い目に遭わせることなど、いくらでも可能だったのだ。

（落ちつこう。だいたい、わたしなんかをストーカーして、どうするの？　そういう対象になる？）

心のなかで自分に問いかけながら、バスルームにある小さな洗面台で手洗いうがいをする。

ついでに、湯を張るために浴槽の掃除もしてしまう。

普段はシャワーで済ますのだが、今日は特別だ。

今日くらい、あたたかい湯に浸《つ》かっても許されるはずだ。それくらいの贅沢《ぜいたく》はさせてほしい。

バイトからの帰り道に、知らない男からプロポーズされたのだから。

もしや、あれも未砂の身に起こる不幸の一つだったのだろうか。

（ストーカーではないなら、もしかして結婚詐欺師？　綺麗《きれい》な人だったもの。……ううん、見た目だけで疑うのは良くない。間違っている）

どうしてプロポーズされたのか分からないが、勇気を出して、好き、と言ってくれたのかもしれない。

本気のプロポーズだったとしたら、ますます訳が分からないが。

一人で唸《うな》っていると、リュックの中でスマートフォンが震える。慌てて確認したところ、歳の離れた弟からの音声通話だった。

「北斗《ほくと》？　どうしたの、こんな夜に」

「どうしたのかって、こっちが言いたいんだけど。今日の夜に通話するって、メッセージくれたの姉さんだろ。もうすぐ寮の消灯時刻なのに、ぜんぜん連絡が来ないから」

弟の北斗は、十三歳の中学一年生だ。

いまは関西にある中高一貫の私立校に通っている。

寮生活のため都内の実家にはおらず、大学進学のため一人暮らしを始めた未砂とも離れて暮らしていた。

「ごめんね。うっかりしていた」

「いいよ。体調が悪くてアパートで倒れていたとか、そういうのじゃないなら。わざわざ通話にするって、何か大事な用事なんだよね？」

北斗の言うとおりだった。

メッセージではなく、きちんと通話で、弟に説明しなければならない用事があったのだ。

「実家を、売りに出すみたい。父さんから連絡があったんだけど、北斗は父さんから話を聞いている？」

「はあ!? あの家を売る？ なんで、そんなひどい話になっているわけ？ つうか、親父、どこにいるの？ あのクズ、いつも居場所が分からないだろ。まさか姉さん会ったの？」

「会ってはいないけど、この前、留守電が入っていた。わたしも北斗も家を出ているし、父さんも帰っていないし、処分しても良いと思ったんじゃないかな？ 古い家だけど、いちおう都内だから買い手はつくはず」

「……ああ、そう。家を売った金で、また親父は逃げ回るわけね。子どもに金の苦労もさせて、本人は働きもせず、ふらふらしてさ。父親なんて名ばかりで、大人が必要なときあれこれしてくれたの伯母《おば》さんだし」

「北斗」

咎《とが》めるように弟の名を呼べば、重たい溜息《ためいき》が聞こえた。

「お人好《ひとよ》しの姉さんは、実家を売りますって言われても怒らないわけ？」

「家が売られても、思い出まで売られるわけじゃないもの」

未砂たちの家ではなくなったとしても、あの家で過ごした思い出まで消えるわけではないのだ。

それに、人が住まなくなった家は傷む。

新しい人たちに使ってもらう方が、家にとっても幸せなことだろう。

「伯母さんは、何て言ってるの？」

「何も。あの人は父さんのすることに反対しない。知っているでしょう？」

伯母――父の姉にあたる人は、未砂たちが困っているときは、大人として手を貸してくれる。

しかし、未砂たちの味方というわけではない。

伯母は、弟である未砂たちの父を愛しているだけで、未砂たちのことは嫌いなのだ。何があっても、彼女は未砂たちの父の肩を持つ。

「売るのは分かったけどさ。実家に残っている荷物は、どうするの？」

「大きい家電とか家具は、業者さんに処分してもらう。北斗の荷物は、自分で取りに行ってくれる？」

「簡単に行って帰ってこられる距離じゃない。僕、まとまった休みが取れるの年末だよ。もう十月で、とっくに夏期休暇も終わっている。これから部の練習を休むわけにもいかない」

それもそうだろう。

弟は、学費の優遇を受けられることを理由にして、いまの学校には野球のスポーツ推薦で入学した。

推薦で入学した以上、向こうが求めるような振る舞いが必要だ。

もちろん、姉として、たとえ野球を続けられなくなったとしても、必要になる学費の工面はするつもりだ。だが、弟は弟で、そうなったら自分を責めるだろう。

年齢のわりに、周りに気を遣いすぎるくらい気を遣う子だ。

リトルリーグのチームで頑張っていたときも、バットやグローブ、ユニフォームの購入に際して、かなり遠慮していたのだ。保護者向けの購入案内を隠されて、珍しく喧嘩《けんか》になったこともある。

心配しないで、と言っても、いつも家計のことを気にしていた。

「部活、頑張っているんだね」

「頑張っているよ、姉さんに応援してもらっているんだから当然でしょ。それで?

年末まで荷物は取りにいけないんだけど」

「年末でも大丈夫だよ。年明けまでは、売りに出すのを待ってくれるみたいだから」

「姉さんは？　年末、一緒に荷物整理してくれるの？」

未砂は目を伏せて、ぎゅっと、スマートフォンを握る手に力を入れた。

「わたしの荷物は、藤庭市に引っ越すときに処分したから。……ごめんね。一緒に行けなくて」

「……っ、まだ！　まだ、あのときのこと気にしているの？」

「気にするよ、大事な弟に怪我を負わせたんだから。……あんなにたくさん血が出て。お医者さんが言っていたの。ガラスが当たった位置が少しでもズレていたら、失明していたかもしれないって」

「バスの窓が割れたのは偶然だ。事故だよ、あんなの」

一年ほど前、未砂と北斗が高速バスに乗っているときのことだった。

対向車のタイヤが弾《はじ》いた石が、バスの窓を突き破ってしまった。それも二人が並んで座っている席の窓を、まるで狙ったかのように。

飛び散った窓ガラスの破片で、北斗はまぶたを切った。

「偶然じゃない。わたしと一緒だったから、北斗は怪我をしたんだよ。そうに決まっている。この話は、もう終わりね」

姉として、弟の気持ちを汲《く》んであげるべきなのだろう。だが、これだけは譲ることができなかった。

「……終わりにしたくないけど、終わりにしないとダメなんだろ。良いよ、分かった。べつに姉さんを責めたいわけじゃない」

未砂の意志が固いことを覚って、北斗は渋々といった様子で折れてくれた。

「ありがとう。一緒にはいられないけど、いつも北斗のことを思っているよ。お友だちはできた？　先輩たちとは上手《うま》くやってる？　勉強でつまずいていない？　可愛い弟くんが、ぜんぜん学校のことを教えてくれないから、ちゃんと生活できているか心配で」

「ふつうに生活しているよ。僕のこと信用していない？」

「信用しているけど心配なの。大事な弟だもの」

「姉さんの方が心配なんだけど。大学に入って早々、大怪我して入院していたしさ。しかも、僕に隠して！　僕、まだ怒っているから」

「隠していたのは、意地悪していたわけではないの。伯母さんも言っていたでしょう？　大した怪我じゃなかった、って」

「工事現場の資材の下敷きになって、大したことないは無理があるんじゃない？　そもそも、僕は反対だったんだ。学費を免除してもらえるからって、よく分からない土地の、よく分からない大学に進学するなんて。あんなボロいアパートで一人暮らしなのも最悪。バイトで遅くなる日もあるだろうし、夜道は危ないよ。不審者に遭ったら、どうするの？」

不審者。公園にいた男は、北斗の言う不審者にあたるのだろうか。

「……大丈夫。もちろん心配してくれるのは嬉《うれ》しいけど」

「待って。いま変な間がなかった？」

「なかった、なかった。そろそろ寮の消灯時刻でしょう？　おやすみ、北斗。愛しているよ」

「それ恥ずかしいから、いい加減止めてよ。おやすみなさい、姉さん」

通話が切れたあと、未砂は苦笑する。

（あんなに小さかったのに、もう中学生か。しっかりしている）

そろそろ「愛している」なんて言葉は要らないのだろう。

未砂が、あまりにも頻繁に口にするから、言葉の重みがなくなっているのかもしれない。

あるいは、未砂の「愛している」は亡くなった母の真似をしているだけだから、いくら気持ちをこめたつもりでも、薄っぺらく聞こえるのか。

記憶にいる母は、毎晩、愛しているよ、と囁《ささや》く人だった。

『好きだよ。君のためなら死んでも良いくらい、君のことを愛しているんだ』

雨降るなか、そう言った男の声がよみがえる。

どうしてだろうか。

大事な母と、あの男では、比べるまでもないはずなのに――。

男の『愛している』が、母がそう言ってくれたのと同じように聞こえてしまった。
まるで、あの男が、本当に未砂のことを愛しているかのように。

11.

翌日、朝早くから、未砂は大学の講義を受けていた。

月曜日の朝イチで行われる講義のためか、初回の講義だというのに、人もまばらだった。受講している学生には居眠りしている者もいる。

後期のシラバスには《地域史A》とあった。

未砂が所属しているのは法学部だが、学部の専門的な講義とは別に、必須《ひっす》で単位を取らなければならない講義があり、これはそのひとつだ。

地域史という名のとおり、大学のある《藤庭市》の成り立ちから今日に至るまでの歩みを教えるらしい。

藤庭という地名は、千年も前から記録に残っているという。

それほど昔から、一度も途絶えることなく続いてきた土地なのだ。

たしかに、街並みのいたるところに、古い時代の名残があった。

時代を感じさせる建造物や史跡を目当てに、一年を通して観光客も多い。

都心から、電車で三十分、自動車を使っても一時間。立地の良さもあって、観光客が足を伸ばしやすいのだ。

観光客がアクセスしやすいということは、交通網が発達しており、通学や通勤にも適していることである。

各地で少子高齢化が進んでいるなか、年々、藤庭の人口は増加している。

人が多ければ、当然、開発も進む。

都市としては昔ながらの景観を維持しつつも、駅前などの比較的新しい区域には、高層ビルや商業施設、百貨店、高級マンションが建ち並んでいた。

「千年前、この土地には何もなかった」

だから、壇上にいる教授がそう言ったとき、未砂は驚いた。

(立派な歴史があって、いまも、こんなに栄えているのに?)

昔から今日に至るまで、この地はずっと繁栄していた。そんな風に、未砂は思い込んでいたのだ。

「何もなかったところに、一人の男が現れた。伝わる話に多少の差はあれど、大筋は変わらない。千年も昔、とある高貴な生まれの男がいた。時の帝《みかど》に命じられて、この地を治めることになった彼を《藤の君》と呼ぶ。中央の政《まつりごと》の場からやってきた彼は、この地のために尽力した」

教授は抑揚のない声で話を続ける。

「やがて、誰もが《藤の君》を慕うようになった頃、《藤の君》は妻を迎えることになった。しかし、婚礼の夜、花嫁は《藤の君》を裏切り、殺してしまう」

千年前のことだ。

当時は、結婚と言っても、現在とは形が違うだろう。

花嫁を迎えるというよりも、花嫁のもとに通う形だったのではないか。

(昔から伝えられている話に、変なケチをつけても野暮かな。そもそも、わたしが考えるようなこと、とっくに研究されているはずで)

教授の語りで重要なのは、未砂の抱いているような既に研究されているであろう疑問ではなく、次に続く話なのだろう。

「《藤の君》は、愛する女に殺されたことで、祟《たた》りを引き起こした。流行病《はやりやまい》や災害、たくさんの禍《わざわい》をもたらし、数え切れないほど多くの罪なき命を奪った」

未砂は目を丸くする。

祟り。

歴史の話が、急にオカルトめいた方向に舵《かじ》を切った。

「その話が、どうして、藤庭の歴史に関係あるんですか?」

最前列にいた学生が、思わずといった様子で質問した。

「《藤の君》の祟りこそが、この土地が大きく発展した理由だからだ。――世に言うところの《祟り神》だ。祟りとなった魂は、祀《まつ》り、鎮めることで、禍ではなく恵みを授ける。今日《こんにち》に至るまでの藤庭の繁栄は、《祟り神》を鎮めたことによって築かれている」

「ばかみたい。祟りなんて」

講義室の後ろから、女の笑い声がした。

振り返ると、未砂と同じ法学部の一年生だった。綺麗《きれい》に脱色してから染めたであろう赤髪が印象的で、記憶の片隅に残っていた。

悪意の籠《こ》もった嘲笑《ちようしよう》は、たやすく周囲に伝播《でんぱ》する。

気づけば講義室のあちらこちらで、教授の話を否定するような反応があった。

そんな中、未砂が気に掛かったのは、青ざめた顔をした学生たちだった。彼らは何かに怯《おび》えたように、互いに視線を遣《や》っていた。

「《藤の君》は、今の世でも祟る。《藤の君》が荒れると死人が出るんだ。余所者《よそもの》は知らないんだろうけど」

怯える学生の一人が、まるで独り言のように零《こぼ》した。

（もしかして。笑っていない子たちは、みんな藤庭の出身？）

「はあ？　神様に殺されたって？　止めてよ、こんな年にもなって」

「言い争うならば、講義の後にしなさい」

教授がたしなめると、赤髪の女学生は苛立《いらだ》たしそうに長机を指で叩《たた》く。派手な付け爪が、机に当たっては耳障りな音を立てる。

「まさか。教授まで、神様がいるなんて信じているんですか？」

「神などいない。そう考えるのは結構。だが、それを信じている人間の前では口にしないのが礼儀というものだ」

初老の教授の言葉は、やけに強く、未砂の耳に残った。

（神様なんて、嘘のように思える。でも、たしかに、それを信じる人がいるのは知っている。だって、此《こ》の世には、どうしたって説明のつかないことがある。……それこそ、神様の仕業と思うような）

未砂の人生は、いつも不幸と共にあった。理不尽に襲いかかってくる不幸は、積み重なれば、偶然で片付けることはできない。

神のような超常的な何かが関わっている、と思いたくなる。

だから、祟り神とて、此の世にはいるのかもしれない。

そんな風に思っているうちに、講義は終わりの時間を迎える。

退室する学生たちに乗り遅れて、未砂は慌てて机上を片付ける。あっという間に、講義室には、未砂と教授だけになった。

「片城未砂」

出口に向かうと、教壇の近くで、教授に呼び止められる。

「何か御用でしょうか？」

素直に足を止めたものの、未砂は不思議でならなかった。

法学部の教授ではないので、直接、言葉を交わしたことはない。初回の講義ということもあり、未砂の名前を認識していることも意外だった。

「片城というのは、母方の家名か？」

「……はい。よく、ご存じですね」

両親は、結婚したとき、母方の姓を選択した。

思えば、そのあたりも、父の姉である伯母《おば》が、未砂たちを嫌っている理由のひとつなのだろう。天涯孤独の女のところに、大事な弟が婿入りしたことが、ずっと引っかかっていたに違いない。

「まさか生きている間に、再び、片城の女に会えるとは思わなかった。誰かが隠していたのか？　本家が血眼になって捜しても、見つからなかったはずだが」

教授は自分自身を納得させるように言った。

「あの……」

捜していたという言葉は気になるものの、用事がないならば解放してほしかった。

喫茶店のバイトを辞めるかもしれないので、大学構内に貼られている求人票を確認しにいきたい。短期バイトの募集は早い者勝ちなのだ。

未砂は教授の名前を思い出そうとする。

たしかシラバスに書かれていたのは――。

「宝条、教授？」

その家名に、未砂は昨夜のことを思い出す。

たしか亜樹という男も《宝条》と名乗っていた。

「お待たせしましたか、教授？」

そのとき、講義室に入ってきたのは、スーツ姿の若い男だった。講義室の明かりの下で、蜂蜜《はちみつ》を混ぜたような柔らかな茶髪が輝く。

「いいえ。約束の時間ぴったりですよ。仮に待っていたとしても、あなたをお待ちすることは望外の喜びでしょう」

「それもそうか。俺は、あなたたちにとって大事な器だからね。もう下がっても構わないよ」

「かしこまりました。失礼いたします、亜樹様」

教授は入室してきた男に一礼して、そのまま交代するように去ってしまう。

講義室には、未砂と男だけが取り残される。

「昨日の、お兄さん」

昨夜とは生地の違うスーツだったが、同じようにオーダーメイドと思《おぼ》しきスーツを着ている。

何より、そのスーツに着られていないことが、彼の育ちを意識させる。

おそらく、かなり立派な家に生まれた人だ。

「亜樹《あき》。宝条亜樹だよ。そう名乗ったでしょう？　未砂」

未砂、と呼ぶ声に、男の言葉がよみがえる。

『片城未砂さん。どうか、俺と結婚してください』

理由も分からず求婚されたことが一番の気がかりだったが、名前を呼ばれたことも頭に引っかかっていた。

「どうして、わたしの名前を知っていたんですか？」

「君は忘れてしまったみたいだけど、十年前、会ったことがあるんだよ」

問いの答えをはぐらかすような言葉に、未砂はむっとなる。十年前と言われても、具体的な話が何もないので信用できない。

「ちゃんと話してくれないなら、しかるべきところに相談します」

「どこに、どんな相談をするの？」

「……学務課に。構内に不審者がいます、とか？」

思わず疑問形になってしまった。

具体的な危害を加えられたわけではない。

いま亜樹と再会したことも、しらを切られたら、それまでだ。

未砂に会いにきたのではなく、教授に呼び出されたことで、偶然にも未砂と再会した。そのように説明されたら反論できない。

「不審者かあ。ストーカーとは言わないんだね」

亜樹は機嫌が良さそうに喉《のど》を震わせた。

「ストーカーも、昨夜は少しだけ考えました。でも、わたしなんかにストーカーがいるとは思えなかったので」

「俺が言うことではないけど、危機感が足りなくて心配だな。本当だったら、真っ先に警察に駆け込む、という選択肢を思い浮かべてほしいんだけど」

「駆け込んだら、あなたは引いてくれるんですか？」

「ごめんね、引かない。警察も、俺が相手だと取り合ってくれないだろうしね。向こうは、俺たち宝条と喧嘩《けんか》したくないはずだ」

未砂は困ったように眉《まゆ》を下げた。煙に巻くような言葉ばかりで、亜樹の真意が分からない。

「ご用件がないなら、失礼します」

未砂は講義室から出ていこうとする。

「君を襲う不幸の理由について、知りたくない？」

未砂は目を見張った。

子どもの頃から、未砂には不幸が多かった。

それ自体は隠していることではない。多少でも調べたら、未砂の周りで起きた不幸の話など、山ほど出てくるだろう。

しかし、亜樹は不幸の《理由》と言った。

「幸せも不幸せも、理由がつけられるものではありません。禍福は糾《あざな》える縄の如し。人生はプラスマイナスゼロ。世の中は、そういう風にできているだけ」

「本当に？　心から、そう思って納得している？　納得していないから、俺の言葉が気になるのでしょう？」

亜樹は微笑んで、一歩、踏み出した。

彼は身をかがめるようにして、未砂と視線を合わせる。

未砂は女性の平均よりも背が高く、大学入学時の健康診断では百六十センチを超えていた。加えて、厚底のスニーカーを履いているので、実際の身長よりも七センチくらい高くなっている。

その未砂よりも、さらに亜樹は背が高かった。

昨夜、雨のなかで出逢《であ》ったときは、華奢《きゃしゃ》な印象を受けた。

最初はブランコに座っていて、その後もすぐ跪《ひざまず》いたから、これほど背が高いと思わなかった。

身長よりも、華やかで美しい顔に目を奪われるのだ。

未砂は、他人の美醜に大した興味はないが、美しいと言われる顔立ちくらいは分かる。その程度の興味しかない未砂が美しいと思うことが、亜樹が恐ろしいほどの美形である証《あかし》だった。

「納得していません。禍福は糾える縄の如し。人生はプラスマイナスゼロ。わたしの大嫌いな言葉ですから」

「奇遇だね、俺も大嫌いな言葉だよ。俺たち気が合うみたい」

「気が合うのかは分かりません。でも、話くらいは聞くべきかもしれない、という気持ちになりました」

まぶたから血を流した弟の姿が、脳裏に焼きついている。未砂の身に起きる不幸は、時に、周囲の人間も巻き込んだ。

(だから、わたしは独りで生きていかなくちゃいけない)

理不尽に襲いかかってくる不幸に、誰かを巻き込まないために。

だが、もし不幸の理由が分かったら、何かが変わるかもしれない。

大学では余計な邪魔が入るかもしれない。

そう言って、亜樹は場所を変えることを提案してきた。

亜樹に連れてこられたのは、未砂のよく知っている店だった。

未砂のバイト先である喫茶店《晴れ風》だ。

◇◆◇◆◇

（お客さんとして入るのは、はじめてかも）

従業員として来るばかりで、客として入ったことはなかった。

今日は店を休みにすると言っていたのに、亜樹を待っていたかのように、店長は中に入れてくれた。

まるで、亜樹とは知己であるかのように。

未砂が一緒であることも、店長は驚いていないようだった。

奥にあるテーブル席で、未砂たちは向かい合う。

亜樹は、あらためて、と言いながら、複数枚の名刺を差し出してきた。

それぞれの企業名の書かれた名刺には、代表取締役やら専務、取締役、たいそうな肩書きが書かれていた。

「お若いのに、すごいんですね」

「すごい、とは言えないかな。ぜんぶ親族経営の関連会社だから、こんな若造でも、けっこうな役職をつけられるんだ」

「どんな会社か、お聞きしても良いんですか？」

大学一年生の未砂は、さすがに就職活動を始めるには早すぎる。

もちろん、なかには、就職先を見据えたうえで進学し、すでに動いている者たちもいるだろう。しかし、学費免除と給付型の奨学金を理由に進学した未砂は、そこまでは考えが至っていなかった。

正直なところ、名刺の企業名を見てもピンと来ない。

「金融や不動産、貿易業、あとは自動車や大きい機械の製造とか、他にも手広くやっているよ。藤庭の土地だけでなく、この《月影》という国の北から南まで、国内のいろんなところに影響力を持っている企業かな」

思わず、未砂は眉をひそめてしまった。

「国なんて言われると。規模が大きくて、あまり想像できません」

「信用ならない？　名刺くらいなら、いくらでも偽造できるものね。他にも何か見せようか？」

「あなたの言葉を信じていないというより、どうして、という気持ちで、いっぱいになっています。そんな立場のある人が、どうして……」

「結婚してください、なんて言ったのか？」

「……はい。きっと、何か特別な事情があるんですよね？」

この人は、未砂のことが好きらしい。だが、好きという気持ちだけでいきなり求婚するだろうか。

本当か嘘かも分からない好意とは別に、何かしらの事情があるのではないか。

「君のいう事情について話すのならば、必要なことだから、だよ」

「結婚が必要なこと？　何のために？」

「俺たちの神様を鎮めるために」

神を鎮める。

偶然にも、今朝の講義で、同じような話を聞いたばかりだった。

「祟《たた》り神？」

藤の君。

千年も昔、非業の死を遂げた男がいた。

婚礼の夜に、花嫁に裏切られて、殺されてしまったのだという。

「殺された《藤の君》は、祟りとなって禍《わざわい》をもたらした。原因の分からない災害や病など、たくさんの禍は罪なき人々の命を奪った。そんな《藤の君》を鎮めているのが、俺たち宝条の一族だ。祟り神を鎮めることで、神から恩恵を授かり、今日に至るまでの栄華を築いた」

　未砂は視線を落として、テーブルに並んだ名刺を見る。

　親族経営というが、これだけ多くの企業を築きあげて、維持していること自体が祟り神の恩恵なのだろうか。

「あなたの家が、そうやって発展してきたとして。でも、それが、わたしの不幸の理由と関係あるんですか？」

　亜樹は問うた。

　未砂を襲う不幸の理由を、知りたくないか、と。

「君の先祖は、《藤の君》を殺した花嫁だ」

「え？」

　予想だにしなかった言葉に、未砂は小さく息を呑《の》んだ。

「君の不幸は《藤の君》の祟りなんだよ。花嫁に裏切られた男の憎しみが、千年も前から、ずっと続いている。片城家の女は祟られるんだ。君や、君のお母様がそうであったように」

　瞬間、未砂はテーブルに両手をついて立ちあがる。

「母さんの死因まで、調べているんですか？」

「ガス爆発だよね。雑居ビルに入っていた飲食店が、ガス漏れが起きていることに気づかず、厨房《ちゅうぼう》で火を使った。結果、ガスに引火してしまう。最初の爆発と、その後に起きた火事によって死傷者が出た」

「……不幸な事故でした」

そうとしか言えなかった。警察や消防の調べでは、建物には老朽化や建設上の不備などが認められなかった。

どうしてガスが漏れたのか分からない。

ただ、その大きな事故によって、母は死んでしまった。

「不幸な事故だった。でも、その不幸には理由があった」

ばかげている。

講義室にいた赤髪の学生のように、そう言いたかった。だが、未砂には、そんな風には思えないのだ。

此《こ》の世には、どうしたって説明のつかない出来事がある。

「わたしたちに何の責任もない、先祖の罪ですよね？」

「《藤の君》にとって、先祖の罪は君たちの罪でもある」

「……っ、あなたの言うことが、本当のことだとして。でも、祟りなら、あなたの一族が鎮めてきたんでしょう？　それなら、どうして」

どうして、未砂たちに不幸が起きるのか。

「俺たちだけでは鎮めることができない。だから、片城の女が必要なんだよ。《藤の君》は、愛する女に裏切られて、夫婦となることができなかった。それが、彼の憎悪の根源だ。――《藤の君》は、愛する女と婚礼を執り行うことができれば鎮まる。《藤の君》の願いを叶《かな》えてさしあげるんだ」

「死んだ人の願いを、どうやって叶えるんですか？」

藤の君は、千年も昔に殺された男だ。

仮に、祟り神として此の世に存在していることを認めるとしても、その願いを叶えることは不可能だろう。

彼を裏切った花嫁とて、とっくの昔に亡くなっている。

「宝条家の当主は、自分の身を器として、神を降ろすことができる。《藤の君》を降ろした俺と、花嫁の末裔《まつえい》である君が結婚するんだ」

「《藤の君》を裏切った花嫁は、わたしの先祖でしょう？　わたしじゃない。それで本当に、神様を鎮められるんですか？」

「実際に鎮めてきた。藤庭の土地にいるのだから、君も実感しているはずだ。この土地の繁栄も、宝条の一族が築いてきた栄華のひとつ」

藤庭は、長い歴史を持ちながらも、それだけで終わらない。人口減少や過疎化に悩む地域が多いなか、今もなお発展を続けている土地でもある。

藤庭で暮らしはじめてから、まだ半年だ。

しかし、たった半年であっても、藤庭が栄えていることを実感している。

藤庭の現状は、机に並べられた名刺の数々よりも、未砂にとって強い説得力を持っていた。

未砂は心を落ちつかせるために軽く拳《こぶし》を握った。

それから、ゆっくりと椅子に座り直した。

「あなたの話だと、神様を降ろして婚礼を執り行うというのは、実際の結婚ではなく、儀礼的なものに聞こえました。世間一般でいうところの結婚とは、意味合いが違うんですよね？」

「儀礼であることは否定しないけど、世間一般でいうところの結婚もするよ。ちゃんと籍も入れる」

「儀礼なら、形ばかりでも良いのでは？」

「そんな形ばかりで騙《だま》せる神様なら、苦労していないんだよね。籍を入れるといっても、あんまり深刻に考えなくても良いよ。数年前に、流行《はや》りのドラマがあったでしょう？　契約結婚」

「あなたは《藤の君》を鎮めて、宝条家を繁栄させるために。わたしは自分の不幸を消すために。お互いにメリットがあるから結婚する、ということですね」

「君にとって悪い話ではないと思うよ。まだ足りないなら、もう一押し。お金は好きでしょう？　俺は金のある男だよ。俺と結婚してくれるなら、君たち家族を全面的に支援する」

「……そうですね。わたしはお金が好きです。家族が幸せになるためには、お金が必要だったから」

定職に就かず、ふらふらとして、どこにいるか分からない父。弟は父のことを悪く言うが、未砂は父のことを心配してしまう。父に何かあったとき、金銭的に余裕があれば助けになれるかもしれない。

遠くで頑張っている弟の北斗。彼の将来を見据えて、たくさんの選択肢を与えてあげたい。

世の中、金がすべてではない。

だが、金があったら選べる未来があることも、未砂は良く知っている。

未砂は一度だけ目を伏せてから、ゆっくりと瞼《まぶた》をあげる。

「でも、お金で魂までは売り渡せません。だから、あなたがわたしの家族を気に掛けてくれるのは有り難いですが、お金は要りません」

亜樹は目を丸くしてから、申し訳なさそうに眉根《まゆね》を寄せた。

「ごめんね。失礼なことを言ったんだね」

「わたしのこと、お金で買おうとしているのかな、と思いました。でも、謝るくらいなら違うんですよね？」

「ちゃんと伝えておこうと思ったんだ。俺の唯一の良いところは、お金を持っていることだから」

「お金も大事ですけど、もっと他に良いところがあるのでは？……お金が関わると、対等な関係を築くことが難しいでしょう。それは嫌なんです」

「対等？」

「わたしとあなたには上も下もない。対等な契約を結んでくれるというのなら、あなたと結婚します。それで、わたしの不幸が消えるのなら」

ここに弟がいたら猛反対しただろう。

未砂とて、まったく迷いがないわけではない。

それでも、今を逃したら、この先も何も変わらない確信があった。

ずっと、それこそ死ぬまで、理不尽な不幸に振り回されることになる。誰かと一緒に生きる道も選べず、孤独のまま生きてゆくしかない。

何か変えることができるなら、十分、亜樹の話に乗る動機になった。

「嬉《うれ》しい。ぜったい幸せにしてあげるね」

暗闇にぱっと明かりが灯《とも》るような笑みだった。つくりものめいた顔立ちは、どこか憂いを帯びたものであるのに、その笑みが浮かぶだけで血の通った人間らしさが出てくる。

（契約と言ったのに、こんなにも嬉しそうにするなんて）

未砂は肩の力を抜いて、つられるように笑みを零《こぼ》した。張りつめた糸のような緊張感が切れてしまった。

「そういうのは結構です。あなたに幸せにしてもらわなくても、ちゃんと自分で幸せを掴《つか》むための努力をしますから」

「俺がいなくても、君は一人で幸せになれる人かもしれないけど。その幸せのために、俺のことを利用して、踏み台にしてくれたら良いのに、と思ったんだ」

「踏み台って。自分からそんなこと言うなんて変わっていますね。……変わっているけど、あなたとなら上手《うま》くやっていける気がしました。契約内容を詰めましょう？同意できるものなら応じます」

「若いのに、しっかりしているね」

「あなたも大して変わらないと思いますけど。年齢は？」

「俺の方が、二つ年上だよ」

ということは、亜樹は二学年上だとしたら、二十か二十一歳らしい。

たった二つしか違わないのに、この人はもう社会に出て、立派に働いているのだ。そのことは素直に尊敬するべきことだと思った。
未砂は通学に使っているナイロンリュックから、タブレット端末を取り出した。自由に書き込めるメモ帳アプリを開く。

宝条亜樹（以下「甲」といいます。）と片城未砂（以下「乙」といいます。）は、以下の通り契約する

第1条（目的）
甲及び乙は、結婚生活における取り決めおよび禁止事項を明確化することを目的として本契約を締結する

タッチペンで書き込んでから、それをタブレットと一緒に亜樹に渡す。
「あなたから、どうぞ」

第2条（貞操）
甲及び乙は、それぞれ相手方の同意なく身体的接触をしてはならない

まるで教本に出てくるような美しい文字だった。

最初の条項としては意外だったが、内容を読んで、ほっとした。

そこまで考えが及んでいなかったが、たしかに夫婦関係を求められても困る。だから、同意なく身体的接触をしてはならない、という文言は安心できる。

第3条（生活）

甲及び乙は、互いの社会的生活を阻害してはならない

社会的生活。真っ先に浮かんだのは、大学のことだった。

「大学、このまま通っても良いんですか？」

「もちろん。バイトも《晴れ風》だけなら続けて良いよ。ただし、スケジュールの共有だけはしてね。あとで共有カレンダーのアドレスを送るよ」

「もしかして、わたしが逃げると思っていますか？」

「思っていないよ。スケジュールの共有をしてね、と言ったのは、念のため。余計な邪魔が入るかもしれないから」

「邪魔？」

「残念ながら、親族のなかに敵が多いんだ。落ちこぼれの次男が、優秀なご長男様を差しおいて、当主の座に就いた。そのことが気に入らない連中が山ほどいる」

未砂には旧家に生まれた苦労は分からないが、亜樹は亜樹で、いろいろな事情を抱えているらしい。

第4条　（婚礼）

甲及び乙は、次の冬至に執り行われる婚礼および婚礼に必要な手続きを拒否してはならない

「この婚礼というのが、あなたの言っていた祟《たた》りを鎮めるための儀礼ですよね。わざわざ、次の冬至としているのは？」

「記録では、冬至に執り行われるはずだった婚礼の夜、《藤の君》は殺された。そこに重ねているんだよ」

未砂は納得する。婚礼の夜とは、《藤の君》が息絶えたときでもあるのだ。

「婚礼に必要な手続きというのは、婚姻届とか、そういったことですか？」

「法的な手続きもそうだけど、それとは別に、冬至の婚礼を執り行うために必要な準備がある」

とだろう。

「法的な手続きとは、別に？」

法的な部分は、未砂にも見当はつく。ごく一般的な、結婚に必要な手続きというこ
だが、それとは別にと言われると、まるで想像できなかった。

「依代《よりしろ》に宿された《藤の君》の魂を集めること」

「魂を、集める？」

「訳あって、いま《藤の君》の魂は分かれた状態なんだ。だから、集めて、ひとつにしてあげないといけない」

「ジグソーパズルみたいな？」

「ちょっと違うかなあ。パズルだと、ピースはほとんど同じ大きさでしょう？《藤の君》の魂は事情が異なる。……グロテスクな喩《たと》えになってしまうけど。バラバラになっているのは手足や胴体であって、いちばん大事な頭は宝条の邸《やしき》にある」

「グロテスクだしイメージもしづらいですが、何となく言いたいことは分かりました」

分けられた魂というのは、大きさが同じではない。

いちばん大きなかけら――亜樹の言うところの頭は、亜樹たちのもとにある。しかし、それ以外の小さなかけらは、別のところに分けられているのだろう。

「それで、この魂を集める前に、まずは宝条の邸にいらっしゃる《藤の君》の御前に、花嫁を連れていかなくてはならない。花嫁が、本当に片城の女であるか確かめるために」

「いちおう、生まれてからずっと苗字《みようじ》は片城ですけど」

「未砂のことは疑っていないけど、昔、愚かな人たちが偽者の花嫁を立てようとしたことがあってね。宝条の富のおこぼれに与《あずか》りたかったんだって」

「その偽者さんは、どうなったんですか？」

「聞きたい？」

亜樹は口元に手をあてると、わざとらしく小首を傾げた。

「……いいえ、ろくなことではない気がしますから」

「それが賢明だね。《藤の君》の御前には、残念なことに宝条の親族も何人かいるんだけど、あの人たちのことは置物くらいに思ってくれたら良いよ」

「分かりました。とりあえず、婚礼の日までに何をするかは理解できたので、今はそれで構いません。《藤の君》に御挨拶《あいさつ》する、依代に宿った《藤の君》の魂を集める」

未砂は声に出して、自分の頭のなかを整理する。

「理解が早くて助かるよ。続きを書いても？」

亜樹は苦笑しながら、また新しい文言を書きはじめる。

第5条（住居）
甲及び乙は、婚礼の日まで住居を共にする

「婚礼の日までは、宝条の邸で暮らしてほしいんだ」

「そちらの方が、いろいろ都合が良いんですよね、きっと。他には、何か盛り込みたいことはありますか？」

「俺はこれで終わり。君は？」

亜樹がタッチペンを差し出してくる。

第6条（離婚）
甲及び乙は、婚礼の後、双方の合意のもと婚姻を解消する

「終わりを決めましょう。婚礼が終わったら、結婚生活を続ける理由がありません。お互いの目的が果たされたら、あなたとは円満に離婚したいです」

いまが十月の上旬であることを思えば、冬至まで三か月もない。思っていたよりも短い結婚生活で済みそうだ。

「良いよ。双方の合意のもと、ね」

「……？　はい。あとは、書かれていないことは、お互いに話し合うということで良いですよね？」

第7条（協議）
本契約に定めのない事項および本契約の解釈に疑義が生じた場合については、甲、乙双方誠意をもって協議する

未砂はタッチペンの電源を切って、ケースに格納する。

「あとでデータを送ります。細かい言い回しなどは直してくださって構わないので、ちゃんと効力のあるものとして整えていただけますか？」

「弁護士に頼んで、すぐに用意させるよ」

契約が固まったなら、次にすることは決まっている。

「婚姻届はありますか？」

「用意してあるよ。あとは君の署名だけ」

亜樹は鞄《かばん》から婚姻届と万年筆を取り出した。

未砂はそれらを受け取ると、ためらうことなく自分の名前を書きはじめた。成人年

齢の十八は過ぎているので、結婚するにしても親の同意は要らない。

名前を書きながら、さりげなく保証人の欄を確認する。

保証人の一人は、宝条栄嗣《えいじ》という知らない人物だ。

だが、もう一人は喫茶店《晴れ風》の店長の名前だった。

未砂が《晴れ風》のバイトを始めたのは、アパートの大家からの紹介だ。

そのアパートも、自分で探したというよりも、大学の合格後、学務課から紹介された先だった。

さらに遡《さかのぼ》れば、そもそも大学進学の決め手も、高校の教師からの提案だ。

未砂の成績ならば、特待生として学費免除で迎えるうえ、給付型の奨学金を出すという破格の条件だった。

(どこまで、この人の手の内だったんだろう?)

あの頃の未砂は、弟の北斗が怪我をしたことで思い詰めていた。

対向車のタイヤに弾《はじ》かれて、高速バスの窓に飛んできた石。

バスの窓は割れて、ガラスの破片が北斗のまぶたを切った。もう少しずれていたら、失明していた可能性があった。

自分の不幸が、大事な弟の将来を奪うかもしれない。

一刻も早く、北斗から離れる必要がある。

だから、渡りに舟のように、藤庭市への進学を決めた。

地元に残るはずだった北斗のもとに、関西の全寮制の学校から誘いがあったことも決め手だった。

互いに実家を離れたら、未砂の不幸に、弟が巻き込まれることはない。

お決まりの不幸で就職先も見つけられなかった以上、藤庭への進学が最善の道だと考えていた。

今まで、未砂は自分自身の意志で選んできたつもりだった。自分の選択してきたことの責任を、誰かに押しつけたつもりはない。

だが、知らず知らず、亜樹の思うように誘導されていたのかもしれない。

(つまり、それだけ本気だった？　どんな手を使ってでもわたしと結婚しないと、この人は困るんだ)

今朝の講義で、ばかげていると、学生の一人は嘲笑《あざわら》った。

祟《たた》りなど起きるはずがない。

これほど科学が発展し、超常的な現象の解明が進んでいる時代、そんなものは存在しない。しない、と嘲笑われて当然だ。

それでも――。

未砂も、そして目の前の男も、たしかに祟りが存在すると考えている。

喫茶店《晴れ風》を後にした二人は、婚姻届を持って、徒歩圏内にある市役所に向かった。

「いつから、そちらの邸《やしき》に住めば良いですか？」

「今夜からお願いしたいな。宝条の邸にいらっしゃる《藤の君》の御前にあがって挨拶するのが、今夜なんだ」

「急ですね。もしかして、あらかじめ決まっていましたか？」

儀礼的に定められているのか、御前にあがるとき同席するという親族の都合なのか分からないが、日取り自体は、最初から決まっていたのだろう。

「決まっていたよ。君を、どうやって連れていくかだけ迷っていた」

「……ああ。べつにわたしの同意がなくても、連れていきたいなら無理やり連れていけば済む話ですものね。良いですよ、分かりました。あとで、着替えと大学のテキストだけ取りに行かせてください」

「あっさりしているなあ。荷物も、それだけで良いの？」

「他のものはリュックに入っているので」

大学の授業に使っているタブレットやノートパソコン、化粧品、折り畳み傘、そういったものはリュックに入れっぱなしだ。

貴重品とて、財布のなかにすべて入っている。

ネットバンキングしか使っていないので、紙の通帳もなかった。

「そう。何か足りないものがあったら、大学に行ったついでにでも買ってきてね。もちろん、こちらで出すから」

二人は会話しながら、市役所の自動ドアを通り抜けた。

途端、未砂は視線を感じる。

職員も市民も、とにかく市役所にいる人間が、じっと未砂たちの様子を窺《うかが》うように視線を向けてくる。

正確には、未砂ではなく、亜樹を見ているようだ。

市民課の受付窓口につく。窓口にいた年配の男性職員は、亜樹を見るなり可哀そうなくらい青ざめた。

「よろしくお願いします」

そう言って、亜樹は婚姻届と本人確認に必要なものを差し出した。写真付きのそれは、どうやら車の運転免許証のようだった。

未砂も慌てて、財布から本人確認のできるカードを出す。

職員の男は、震える手ですべて受け取る。

尋常ではない様子に、具合が悪いのか、と未砂は心配になった。

「ふ、不備がないか確認いたします。おかけになって、少々お待ちください」

職員は急ぎ足で奥に引っ込んでしまう。

その間も、未砂たちのもとには不躾《ぶしつけ》な視線が集まっていた。

亜樹は人々の視線を気にも留めず、窓口にある椅子に腰かける。足が長いからか、よくあるパイプ椅子なのに絵になった。

「座ったら？」

未砂は小さく溜息《ためいき》をついてから、亜樹の隣にある椅子に座った。

「……市役所に入ってから、すごく見られていますよね」

「俺が宝条の者だって分かるから、気になるのだろうね。藤庭で生まれ育った人間は、この髪の色を見たら、まず宝条の一族を連想する。それから目の色を見て、いよいよ確信するんだ」

「自前のものなんですね。髪も目も」

髪も目も、亜樹にとって生来の色らしい。

「宝条の本家には、俺みたいな髪と目の色をした男児が生まれることが多い。《藤の君》と同じ色だ。彼の母親は、人ではなく鬼だったから」

「珍しい容姿をしていたから、そう思われていた、ということですよね？」

此《こ》の国の人間は、黒髪に黒い目が多い。

藤の君が存命だった千年前は、思うままに髪を染めることも、カラーコンタクトで瞳《ひとみ》を飾ることもできないのだ。

ふつうの人と違う容姿は、今よりもずっと奇異の目を向けられただろう。

そうして、人々はうわさするようになったのではないか。

――藤の君は鬼から生まれた。

だから、あのような髪と目の色をしているのだ、と。

「本当に鬼から生まれたんだよ。父親は、さる高貴な血筋の男。母親は、人ならざる鬼。特別な生まれだから、彼は《特別な力》を持っていた」

「本当に、お母様が鬼だったとしたら、わたしたちにはない特別な力を持っていても不思議ではないですね」

「大丈夫？　そんな簡単に、俺の言うことを信じて」

「嘘なんですか？」

「嘘ではないよ。でも、危機感が足りなくて、心配になる」

亜樹はいかにも心配しています、といった風に、眉根《まゆね》を寄せた。

「さっき契約内容を詰めるときは、しっかりしている、と言ってくれたでしょう？　ちゃんと考えたうえで、あなたとの結婚に同意しました。だから、この後に何が起きても、自分の責任だと思っています。……流されているように見えましたか？」

「流されているとは思っていないけど。俺が困っていることを察して、いろいろ協力してくれたのかな、と。君は昔からお人好《ひとよ》しだから」

「十年前でしたっけ？　あなたのいう昔の話をされても、正直、ぜんぜん憶《おぼ》えていません」

　十年前、未砂たちは会ったことがあるらしい。

たしかに、亜樹のまなざしを、美しい藤色の目を知っている気がした。だが、その藤色が亜樹のものであったかも定かではない。

「忘れてしまったなら、やっぱり、君にとっては大したことではなかったんだろうね。忘れてしまうくらい些細《ささい》なことだ。ただ、俺にとって特別な出来事があったんだよ」

「どんな出来事があったのか、教えてくれないんですか？」

「教えてあげない。思い出してほしい気持ちはあるけど、忘れてしまったのなら、きっと、その方が良いんだ」

　まるで自分自身に言い聞かせるような口ぶりだった。

（忘れてしまった方が良い。それって、どんな記憶だろう？）

　未砂がそう思ったとき、職員が窓口まで戻ってくる。

「おめでとうございます。宝条様」

実に呆気《あっけ》なく、婚姻届の受理が告げられる。

「ありがとうございます。ああ、そうだ。言い触らしてくださって構いませんよ」

「え、……っ、あ、あの」

「ぜひ、いろんなところで話題にしてください。俺が結婚したことを」

おどおどする職員に対して、亜樹は止《とど》めを刺す。

そのまま亜樹は立ちあがり、窓口を後にする。未砂は職員に一礼したあと、亜樹を追いかけるように歩きはじめた。

「さっきの、わざわざ言い触らしてください、なんて伝える必要ありましたか？」

「保険だよ。あとで、俺には婚姻の意思がありませんでした、この婚姻は無効です、と主張されると困るんだよね。何人か思いあたる親族がいるから」

つまり、未砂との婚姻に不服を申し立てるような親族がいるらしい。

（祟《たた》り神を鎮めるために、必要なことなのに？）

祟り神を鎮めることで、その恩恵を受けてきたという。神を鎮めるために必要なことならば、親族から文句が出ることはないはずだ。

「でも、わたしとあなたが結婚しないと……」

「あなたではなく、名前で呼んで。俺の名前、もう知っているでしょう？」

亜樹さん。

そう呼ぼうとしたものの、しっくりこなかった。彼が望んでいるのは、敬称をつけたものではない気がした。

「亜樹？」

「君に呼ばれると、こんな名前でも特別なものに思えるね」

亜樹は固い蕾《つぼみ》がほころぶように笑った。

（きっと、悪い人じゃない。そう思うのは、わたしに危機感が足りないから？）

だが、名前を呼んだだけで、こんなにも嬉《うれ》しそうに笑う人を疑いたくなかった。

「名前くらい、いくらでも呼びますよ。いちおう夫婦なんですから」

世間一般の夫婦ではないが、夫婦と口にしたら、急に、結婚したんだな、という実感が湧いてきた。

子どものとき、結婚とは、特別なものだと思っていた。

亡き母は、父と結婚したから幸せになれた、と笑っていた。そう言った母に対して、照れくさそうにそっぽを向いた父を憶えている。

未砂にとっての結婚は、あたたかな家庭の象徴でもあったのだろう。

――結婚したら、きっと、此の世でいちばん幸せになれる。

そんな風に夢を見ていた少女のときがあった。

自分の不幸と天秤《てんびん》にかけて、仮初の婚姻を選んだことに後悔はない。

後悔はないが、遠ざかっていた憧《あこが》れが、再び息を吹き返したような気がする。

この結婚は仮初のものであると分かっているのに、そのことを自覚したら、少しだけ落ちつかない気持ちになった。

◇◆◇◆◇

太陽が沈んで、すでに夜の帳《とばり》が下りていた。

喫茶店《晴れ風》のバックヤード。

鏡の前には、豪華絢爛《けんらん》な打掛を羽織った娘がいる。

華やかな打掛は、あちらこちらに藤の描かれたものだった。地の色が真っ白に近い銀なので、余計、藤の花が鮮やかに感じられる。

「とっても似合うわ」

声を弾ませたのは《晴れ風》の店長だった。

「着付け、ありがとうございます」

「気にしないで。亜樹様からの頼みより優先するものはないから」

今夜、宝条の邸《やしき》にて、《藤の君》に挨拶《あいさつ》をする。

そのために身なりを整える必要があるそうだが、未砂だけでは着付けは難しい。

あらかじめ、亜樹が《晴れ風》の店長に仕度を頼んでくれていたらしく助かった。

今日は店を休みにしていたのも、このためだったのだろう。

「店長は、亜樹のご親族なんですか？」

彼女は婚姻届の証人欄にも名前を書いてくれた。だから、苗字《みょうじ》こそ違ったものの、亜樹の親族なのかと想像した。

「ご親族だなんて恐れ多いわ。もともと宝条に仕えていた使用人だったの。お店を開く前は、宝条の奥様のところで働いていたから、亜樹様とも面識があるのよ。……いろいろ申し訳なく思っているから、亜樹様の頼みは引き受けることにしているの」

「申し訳なく？」

「ええ。亜樹様が苦しいとき、ずっと見ない振りをしていた側の人間だから。ごめんなさい、湿っぽくなって」

店長はそう言いながら、未砂の髪を梳《と》かして纏《まと》めてしまう。着付けをしてもらうときも思ったが、あまりにも手際が良かった。

宝条の邸に仕えていたとき、日常的に同じことをしていたのだろう。

打掛を引きずらないように、慎重に店の外に出ると、狭い道路に似合わない大きな車が停まっていた。

メタリックな黒いボディは、汚れひとつなく、ぼんやりとした街灯の下でも輝きを放っている。窓から見えるシートも、何処かのオフィスの来賓室にでも置いてありそうな雰囲気である。

車には詳しくない未砂でも、グレードの高い車と分かった。

「亜樹はスーツなんですね」

「今夜、大事なのは、俺ではなく花嫁だからね。どうぞ」

亜樹が後部座席のドアを開けてくれる。未砂は着付けが崩れないように、車に乗り込んだ。

亜樹は運転席に入ると、エンジンをかける。

亜樹の運転する車は、藤庭市の中心部を通り過ぎて、市内の北部にある山の麓《ふもと》に向かった。

道路を進むにつれて店や民家が消えて、立派な門をくぐり抜けたあたりから、一切、余計な建物がなくなった。

おそらく、門を過ぎてから、すべて宝条家の私有地なのだろう。

一般道ではないというのに、ひび割れもなく綺麗《きれい》に舗装された道だ。そんなことからも宝条家の強い力が感じられた。

やがて、車が到着したのは、平屋建ての大きな邸だった。

亜樹は慣れた様子で、邸の傍にある車庫に停めると、自分でシャッターを下ろした。

何かを警戒しているのか、シャッターには厳重に鍵《かぎ》までかけている。

（そういえば、運転手さん、とかいないのかな？　大きい家の人たちって、自分で運転するイメージなかったけど）

亜樹の運転はスムーズで何の不快感もなかったが、自分で運転しているのは不思議だった。

一族の当主であり、あれだけたくさんの企業の重役ならば、運転手の一人でもつけていそうなものだが。

しかし、未砂の抱いた疑問は、すぐに答えが出た。

「おかえりなさいませ。亜樹様」

邸の主屋に入ると、ずらり、と和装姿の使用人たちが並んで、一斉に頭を下げる。

しかし、それは帰ってきた主人を迎えるにしては、どこか冷たく、重々しく感じられた。肌が粟立《あわだ》つような居心地の悪い空気が漂っている。

「迎えは要らないと言ったと思うけど。あなたたちは、昔から俺などに構っていられないくらい忙しいのだから」

「宝条に仕える者にとって、当主様よりも優先すべきことはありません。先代様から言付けをお預かりしています。お帰り次第、《藤の君》の御前に参るようにと。すでに皆様お揃いです」

皆様。それは、きっと、宝条の一族の者たち、という意味だろう。

「こんなときばかり集まるのが早いんだから、困ったものだね」

亜樹は呆《あき》れたように肩を竦《すく》めると、主屋の奥へと、未砂を連れてゆく。

主屋に附属する離れ屋へと続く渡り廊下に差し掛かったとき、ふと、未砂は足を止めてしまった。

遠くに鮮やかな紫があった。

(藤の花?)

全貌《ぜんぼう》が見えないほど大きな藤棚だ。

大きさも異様であったが、花をつけていることが奇妙だった。本来、藤とは春に花の盛りを迎える。

間違っても、こんな秋の時分には咲かない。

「気になる? あれは《藤の君》の墓所だよ。あの藤棚は一本の藤から造られていて、根元に、ご遺体が埋められているんだ」

「本物の遺体が埋められているんですか?」

言い伝えなどではなく、本当に死んだ男の遺体が埋まっているのか。

「……? 本物が埋められているから、ああやって花が咲くんだよ。尤《もっと》も、千年も昔の話だから、肉体という意味では、とうの昔に土に還っていると思うよ」

「土に還っても、祟《たた》るんですね」

「怨霊《おんりょう》って、霊魂だからね。魂だよ。肉体が土に還ってしまうほど長い年月が経ったのに、魂は消えずに残ってしまったんだ。自分を裏切った女への憎しみが、彼の魂を、此《こ》の世に留《とど》めてしまった」

そう言ってから、亜樹は再び渡り廊下を歩き出した。

廊下の突き当たりの近くに、広々とした座敷があった。戸が開け放たれているのは、おそらく意図的なものだろう。

(藤棚が見えるように、わざと開けている?)

戸を開ければ、座敷から藤棚まで遮るものはない。

亜樹に続いて、未砂は座敷に入った。

なかには二十人ほどの人間がいた。年齢も性別も様々であったが、顔立ちに似通ったところがある者も多く、親類であることを思わせた。

「ずいぶん遅い到着だこと」

年配の女性が、亜樹を咎《とが》めるように口を開いた。

「あなた方が早かったのではありませんか? 揃いも揃って暇なのですか?」

「《藤の君》より優先すべきものはないだけよ。当主となったからといって、言葉が過ぎるのではなくて?」

女の言葉を皮切りにして、他の者たちも口を開く。

「奥様のおっしゃるとおりだ。この頃の亜樹様は勝手が過ぎる」

「片城の女のことも、我らに相談もせず。藤庭に連れ戻していたならば、その時点から捕らえておけば良かったものを。半年もの間、自由にさせていたという話ではないか」

「そもそも《藤の君》の御前に連れてくるならば、猿轡《さるぐつわ》でも噛《か》ませて転がしておけば良いものを」

「違いない。その方が《藤の君》もお喜びになるのでは？　片城の女のくせに、藤庭の外で育てられた卑しい女なのだから」

「俺のことはいくら悪く言っても構いませんが、未砂を貶《おとし》めることは控えていただきたい」

「出来損ないが、何を生意気なことを」

はじめに口を開いた女が悪態をつく。

亜樹は女に向かって、つくりもののような笑顔を浮かべた。笑っているのに、そのまなざしは氷のように冷たかった。

「俺が出来損ないであることは否定しません。ですが、《藤の君》の器として選ばれたのは、その出来損ないでしたよ。あなたの大事な息子ではなく」

「……っ、隆成《たかなり》を侮辱するおつもり!?」

隆成。

知らない名前だと思ったとき、ドン、と小さくも鈍い音が鳴った。

「そこまでにしろ」

未砂は視線をあげた。

上座に杖《つえ》を手にした男がいた。先ほど鳴った音は、どうやら杖を畳に打ちつけた音らしい。

足を悪くしているのか、他の者たちと違って、高座椅子に腰掛けていた。

最初は老人かと思ったが、意外にも若々しい。せいぜい四十代の半ばくらいの年齢だろうか。

髪と目の色、なにより顔立ちが亜樹とよく似ていた。亜樹が歳を重ねたら、きっと男のようになる。

「先代様!!　やはり隆成を当主に……」

亜樹と言い合っていた女が声をはりあげる。

先代ということは、男は亜樹の前に当主だった人物だ。

「隆成は神を降ろすにふさわしい器ではなかった。宝条の当主は《藤の君》の器になれるかどうかで決まる。お前も分かっているだろう?」

「片城家の女が手に入ったのですから！　こんな出来損ないでなくても、《藤の君》はご満足してくださるはず」

「《藤の君》の御前だ。いい加減、黙れ。片城の女、名は？」

「……未砂と申します」

「母親と瓜二《うりふた》つだな。藤庭から飛び出して、《藤の君》の手からも逃れた裏切り者。そのくせ、結局《藤の君》に祟り殺された女」

未砂は黙り込んでしまった。

先代のまなざしは、未砂に向けられているのではない。未砂を通して、おそらく死んだ母を見つめている。

（きっと。母さんは、昔、藤庭にいたんだ）

だが、母の口から、藤庭について聞いたことはなかった。

母が亡くなったのは、十年前のことだ。いずれ藤庭について話すつもりではあったが、その前に死んでしまったのか。

それとも、藤庭の出身であったことは、墓まで持っていく秘密だったのか。

未砂は、自分たちの不幸の原因――《藤の君》の祟りを終わらせるために、亜樹との婚姻を受け入れた。

そのとき、祟り神である《藤の君》のことや、彼を鎮めてきた宝条家について、おおよその説明を受けたつもりだった。

しかし、それだけでは、おそらく情報が足りない。

この婚姻には、まだ未砂の知らない事情が隠されている。

亜樹は上座ではなく、いちばん下座に腰をおろした。未砂も真似するように、膝《ひざ》を折って、その場に座る。

(そっか。ここが一番、藤に近いから)

上座にいては、《藤の君》に挨拶《あいさつ》するにふさわしくない。

未砂は隣にいる亜樹の様子を窺《うかが》う。

「《藤の君》に、顔を見せてあげて」

亜樹がささやく。

そのとき、一陣の風が吹いた。風に乗ってきたのか、深い藤の香りが、未砂の全身を包み込む。

そうして、未砂の目は、知らない景色を映しはじめる。

――藤の下に、血だらけの男が倒れていた。

刀身の短い刀で、左胸を一突きにされている。

(藤の君)

男が誰であるのか、すぐに分かった。

亜樹と同じ髪、目の色をしているから分かったのだ。亜樹の容姿は、母親が鬼であったという藤の君の遺伝なのだから。

藤の君は、心臓を突かれながらも息があった。

純粋な人ではないから、即死せず、わずかな猶予が与えられてしまったのだろう。

『――――』

今にも息絶えそうな彼は、震える唇で、誰かの名を呼んだ。おそらく、彼を裏切り、死に至らしめた女の名前だろう。

最後の力を振り絞るように、藤の君は手を伸ばす。

だが、伸ばした手は力なく落ちて、胸を貫いた刀の鍔《つば》、柄《つか》をかすめるだけだった。

地面に落ちた鞘《さや》も含めて、赤銅色の拵《こしらえ》には、見事な藤の花が彫られていた。

だが、拵に彫られた藤の美しさが、いったい何の慰めになるだろうか。

その手が触れたかったのは、彼の愛した花嫁だったのだから。

絶望に染まった藤色の目が、遠い未来にいるはずの未砂を捉えた。

頭から爪先《つまさき》まで、真っ暗闇に引きずり込まれる。

果てのない憎悪が、裏切られた男の恨みが、未砂の意識を黒く塗りつぶしていく。

自分のものではない激しい感情に引きずられてしまう。

「未砂」

未砂の意識を引き戻したのは、亜樹の声だった。

打掛の袖《そで》をぎゅっと握りこんで、未砂は浅く呼吸を繰り返す。

「片城の女。何か見えたのか？」

宝条の先代から問われて、未砂は震える唇を開いた。

「……刀で左胸を突かれた、男の人が見えました」

「その刀は、どのような刀であった？」

未砂は先ほどの光景を思い出す。惨《むご》たらしい景色は、映画やドラマのようなフィクションには存在しない生々しさを伴っていた。

「小さな刀でした、わたしでもあつかえそうなくらい。刀身は反っているのではなく、真っ直ぐ。刀の拵には、藤の花が描かれていました」

しん、とあたりが静まりかえった。周りの者たちは顔を見合わせるだけで、未砂の答えに同意しない。

（わたしにだけ見えたの？）

未砂だけが、千年も昔の悲劇を垣間見《かいまみ》たのだろうか。

「御身の息絶えるときを見せるとは。《藤の君》は、よほど新しい花嫁をお気に召したらしい。亜樹、此度《こたび》の婚礼、しくじるなよ」

「もちろん。俺は失敗しませんよ、あなたと違って。今夜は終わりにしても？ 未砂を休ませてやりたいのです。無理やり恐ろしいものを見せられたのですから」

「好きにしろ」

「ありがとうございます。未砂、立てる？ もう終わりだから」

未砂は小さく頷《うなず》いて、自分の足で立ちあがった。

そうして、亜樹と一緒にその場を辞した。

◇◆◇◆◇

亜樹が連れてきてくれたのは、あの座敷から離れた場所だった。

未砂の抱く旧家のイメージそのものな木造建築とは打って変わって、瀟洒《しょうしゃ》な洋館のような空間だ。

いつの時代かに増築して、主屋と廊下で繋《つな》いだのだろう。

「横になる？」

「……いいえ、大丈夫です」

「そう？　君の部屋は用意してあるから、横になりたいなら、すぐに言ってね。手狭で申し訳ないけど、主屋にいたら気が休まらないと思って別館を整えたんだ」

未砂は苦笑いを浮かべるしかなかった。

「これは手狭と言わないと思います」

いま未砂たちがいるリビングだけでも、すでに未砂の暮らしていたアパートの面積よりも広い。

亜樹の話では、未砂個人の部屋もあるようなので、別館自体かなりの面積があるのではないか。

「何か望みがあれば、遠慮なく言ってね。君が過ごしやすいことが一番だから。――契約に誓って、同意なしに指一本触れるつもりはないけど。それだけでは安心できないかもしれないから、君の部屋には内鍵《かぎ》が掛かるようにしてある。何か質問はある？」

「質問は、この建物とは別のことでも良いですか？」

「もちろん」

「これから婚礼の儀までに、依代《よりしろ》に宿った《藤の君》の魂を集めるという話でしたよね？　いつ、どんな風に？」

契約書を詰めるときは詳細を確認できなかったが、これから動くのだから、具体的に何をするのか把握しなければならない。

「藤庭にある神社を、満月の夜にまわって、分けた魂の依代を回収する。今からだと、冬至までに満月は二回ある。十一月、十二月。依代を集めるのも二か所だね」

「今日みたいに、ご親族も連れて？」

嫌な気持ちが滲《にじ》んでしまったのか、自分でも驚くほど抑揚のない声になってしまった。知らない相手には好きに言わせておけば良い、と割り切りたいが、やはり罵《のの》しられると気分は悪い。

「依代の回収にはいないよ。今日は嫌な気持ちにさせてしまって、ごめんね。あの意地の悪い人たちのことは、先代以外は忘れても良いよ」

「忘れてって……、ご親族の方なんですよね？　冬至の婚礼のときも顔を合わせるのでは？」

「婚礼の儀は、俺と君で執り行うものだから、今日みたいにぞろぞろ集まったりしないよ。先代はいるだろうけど、あの人も儀礼自体には参加しないしね」

先代。杖《つえ》を手にした男だ。面差しが、亜樹とよく似ていた。

「きちんとご挨拶できませんでしたが、先代様は、亜樹とは、どういったご関係の方ですか？」

「父親だね。ああ、この邸《やしき》にいる親族は、あの人だけだから。そこは安心してほしいな」

「他の方々は、別のところにお住まいなんですね」

「俺が当主となったとき追い出したんだ、兄とか他の厄介な親族とか。先代だけは、必要だったから邸に残ってもらったけど」

ずいぶん不穏な言葉だ。追い出したというのは、誇張ではなく、やはり文字どおりの意味か。

「もしかして、仲が悪いんですか？　お互いに嫌っている？」

「仲が悪い、のかな？　向こうは、昔から俺のことを嫌っている。でも、正直、俺はどうでも良いかな」

「どうでも良い？」

「嫌いという感情すら湧かない。何とも思えないんだ」

それは、未砂には理解しがたい言葉だった。

未砂は家族のことを、どうでも良い、と割り切ることができなかった。

不幸にも亡くなった母のことも、家族を顧みなくなった父のことも、小さくて可愛かった弟のことも、家族として気に掛けている。

(どうして、亜樹は家族や血の繋がった人たちのことを、どうでも良いなんて言うの？　そんな風になるまでに、何があったの？)

亜樹の事情など、知らなくても良いのかもしれない。

冬至まで三か月もない。婚礼の儀を執り行い、祟《たた》り神を鎮めることができたら、未砂たちの目的は果たされる。その後は、双方の合意のもと離婚するだけなのだから。

それなのに、未砂は知りたい、と思ってしまった。

「どうでも良いと思っているなら、どうして、そんな悲しそうなんですか？　……わたしに、何かできることはありますか？」

公園で会ったとき、亜樹のことを、悲しい顔をする人だと思った。

頬を濡《ぬ》らしていたのは雨だったかもしれないのに、彼が泣いているように思えたのだ。

どうしてだろうか。

あの夜も今も、この人を独りにしてはいけないと感じた。

「君のこと無理やり巻き込んだ相手に、何かできることはありますか、なんて尋ねたらダメだよ。何をさせられるか分かったものではないのだから」

亜樹は苦笑した。年下の子どもを宥《なだ》めるような顔が、未砂は嫌だと思った。

「無理やりじゃない！　そういう言い方は止めて。一方的に利用されているんじゃない。わたしだって、自分の不幸を消すために、あなたを利用する。わたしたちは対等で……」

傍《はた》から見たら、何の力もない貧乏大学生と、社会的な地位も権力もある男だ。本来、対等と主張することは烏滸《おこ》がましいのかもしれない。

だが、気持ちのうえでは対等のつもりだった。

事実として、どうであるかは関係ない。

未砂の心持ちとして、一方的な関係は結びたくなかった。

「敬語が取れている。ふふ、仲良しになったみたい」

「いま、そんなこと話していなくて！　話していない、です」

「言い直さないでも良いよ。かしこまった話し方をされるのは、あまり好きではないんだ。慣れていないから、落ちつかなくて」

生まれを考えれば、たくさんの人たちに傅《かしず》かれてきただろうに、亜樹はそんな風におどけてみせた。

「亜樹がそう言うなら、いつもどおり喋《しゃべ》る、けど」

「そっちの方が嬉《うれ》しいな。さっきの話だけど。俺と未砂は対等ではないよ」

「あなたの方が、わたしよりも力を持っているから？　裕福で、ちゃんとした社会的地位もあって」

「違うよ。君の方が、俺なんかよりもずっと上にいるんだ。忘れないでね。君よりも価値あるものなんて、此《こ》の世にはないんだよ」

まぶしいものを見つめるように、亜樹は藤色の目を細めた。

三

亜樹との結婚生活は、拍子抜けするくらい上手《うま》くいった。

最初から契約結婚と言ったように、好き合って結婚したわけではないから、上手くいっているところもあるのだろう。未砂としても、期間限定のルームシェアくらいの感覚でいられたから、変に気を張らずに済んだ。

日常生活も、思っていたより、ずっと自由なものだ。

大学への通学は、なるべく亜樹が車に乗せてくれた。

それが難しいときは、特定のタクシー会社を使うように言われており、未砂はそれに甘えることにしている。タクシーでは、お金が勿体《もったい》ない、という気持ちもあったが、亜樹がそうするように言ってきたことには理由があると思ったのだ。

亜樹が手を回してくれたのか、しばらく休んだら？　と言われていた喫茶店《晴れ風》のバイトは変わらず続いている。

さすがに短期のバイトは入れられないが、弟への仕送りを考えると、《晴れ風》の収入があるだけでも有り難かった。

(思っていたより、前と変わらない)

帰る家が、古びたアパートから、宝条邸に変わったくらいだろうか。

そのうえ、宝条邸に暮らしているといっても、未砂たちがいる別館には、未砂と亜樹以外は出入りしない。

食材や日用品を届けてくれる使用人とは顔を合わせるものの、彼らは淡々と仕事をするだけで、特に未砂に対して何か文句をつけたりしない。

他の親族とは違って、邸《やしき》に残っているという先代も、あの日以来、顔を合わせていなかった。

対人のストレスがない分、ずいぶん気が楽なものだった。

(亜樹は、きっと、すごくわたしに配慮してくれている)

亜樹の細やかな気遣いを感じるほど、未砂に好意があるから、ここまでしてくれるのだろうか、と考えてしまう。

未砂は忘れてしまったが、十年前、二人は出逢《であ》っているという。

そのときの未砂が、何か好かれるようなことをしたのか。

(やっぱり思い出せない。あんなに綺麗《きれい》な人に会ったことがあるなら、憶《おぼ》えていそうなものだけど)

別館のリビングで、大学のレポートを書いていた未砂は溜息《ためいき》をつく。

レポートも終盤に差し掛かり、疲れのせいか、どうにも雑念が混じってきた。

亜樹とは、冬至の婚礼が終わったら、円満に離婚するのだ。

だから、どうして、亜樹が未砂のことを好いてくれているかなど、考えても仕方ないというのに。

レポートを保存してから、未砂は机に突っ伏した。

そうして、つい眠気につられるまま、眠りに落ちてしまった。


夢を見ている。

そう思ったのは、あたりが真っ暗で、雨の音がするからだった。月も星も雲に隠れた夜空は、まるで泣いているかのように、大粒の雨を降らせていた。

冷たくて寒いな、と思った。

降りしきる雨のなか、傘も差さずに立っているせいだろう。

うつむいた未砂の視界に、真っ黒なワンピースの裾《すそ》が入り込む。

(子どもの頃の、夢？)

喪服の黒いワンピースを着たのは、生涯で一度きりだった。

十年前、母の葬式のときだ。

通夜のときは、父は呆然《ぼうぜん》として、子どもたちの世話どころではなかった。だから、未砂は子どもなりに必死に考えて、黒いトレーナーに、同じ色のプリーツスカートを合わせた。

足下は、登校に使っている薄汚れたスニーカーだったと思う。

そんな有様だったからか、嫌そうな顔をした伯母《おば》が、葬式では喪服のワンピースを着せてくれたのだ。

だが、喪服を着せられても、未砂は母の死に実感を持てずにいた。

（遺体を見せてもらえなかったから）

ガス爆発の後、火事が起きたのだという。それに巻き込まれた母の遺体は、とても子どもに見せられる状態ではなかった。

骨を拾うときも、それが母とは思えなかった。

葬式も焼骨も終わって、家に帰った後。

父は糸が切れたように動かなくなって、母の名を呼びながら泣いていた。

何も理解できないくらい小さかった弟の北斗は、見かねた伯母が自分たちの家で預かってくれたが、未砂は置いてけぼりだった。

未砂は一人きり玄関から飛び出して、家の前に立った。

雨のなか、傘を差さなかったのは、きっと。

傘を差したら、母が帰ってきたとき、すぐに気づけないと思ったからだ。

いってきます、と買い物に出かけた母が、ただいま、と笑顔で帰ってきてくれるような気がしたのだ。

だが、いつまで経っても母は帰らなかった。

そうして、未砂は思い知らされた。母が死んでしまったことを、もう二度と帰ってきてはくれないことを。

雨のなか立ち尽くしていたら、ふと、雨が止んだ。

否、雨が止んだのではなく、誰かが、未砂の頭上に傘を差していた。

『大丈夫？』

振り返っても、不思議と、その人の姿は見えなかった。黒く塗りつぶされてしまっている。

ただ、美しい藤色のまなざしをしていることだけは分かった。

その声も、雨音のせいか、こんなにも近くにいるのにガラス一枚を隔てたように遠かった。

年齢も性別も、何もかもが分からない。

未砂の唇から、言葉が零《こぼ》れた。

しかし、何を言っているのか、まったく認識できなかった。きっと、話しかけてきた誰かと話しているだろうに。

『約束してくれる？』

まどろみのなかで、未砂は声を聞いた。

それが、自分のものか、誰かのものかも分からないまま。

シャボン玉が弾《はじ》けるように、急に、未砂の意識は浮上した。

「未砂。こんなところで寝ていると、風邪を引いてしまうよ」

目を開けると、心配そうな亜樹の顔があった。

たった今、帰ってきたところなのだろう。

亜樹はスーツの上から、厚手のコートを羽織ったままだ。帰ってきて早々、リビングで眠りこけている未砂に気づいて、声を掛けてくれたらしい。

「おかえりなさい。遅かったのね」

アンティークの壁時計を見ると、すでに日付が変わっていた。

「ちょっとトラブルが起きたんだ。俺じゃなくて、先代が行ってくれた方が話は早かったんだけどね。散々、ご老人方の話に付き合わされて、休憩どころか食事する暇もなかった」

亜樹は疲れた顔をしていた。透けるように膚《はだ》が白いから、余計、そう見えるのかもしれない。

「ご飯、食べられなかったの？　大したものじゃないけど食べる？」

未砂は立ちあがって、キッチンに向かう。

「もしかして、俺の分もあるの？」

「うん。でも、要らないなら遠慮なく言って。亜樹が食べなくても、明日《あした》、大学に持っていくお弁当になるだけだから」

食事については、毎食、亜樹の分も用意していた。

しかし、彼はいつも忙しそうにしていて、別館では食事をとっている様子がなかったので、なかなか言い出せずにいたのだ。

作っています、と言ったら、余計な気を遣わせてしまう、とも感じていた。

「いつも作ってくれていたんだ？　もったいないことしたな」

「いちおう。味の保証はできないけど」

「ぜったい美味《おい》しい。食べる前から分かっている」

亜樹は楽しそうに声を弾ませる。

真っ白な頬には、心なしか赤みが差していた。好物が出てくるのを待っている子どものような反応だった。

そんな風に喜ばれるとは思わなかったので、未砂は面食らってしまう。

「わたしの料理なんかよりずっと美味しいものを、いつも食べているのに」

実家で暮らしていたとき、弟は「姉さんの料理が世界一」などと言ってくれたが、あいにく料理上手という訳ではない。

必要に迫られて、それなりに作れるようになっただけで、何か特筆するところがあるわけではない。

普段から亜樹が口にしている料理には、遠く及ばないだろう。

「比べられるものではないよ。だって、未砂の料理は、俺だけのために作ってくれたものでしょう？　そんなの食べたことない」

「邸《やしき》にいる料理人の方だって、亜樹のために作っていたと思うけど。外で食べるときも、あなたはお客様なんだから、あなたのために作ってくれた料理」

「違う。邸の人たちが作るのは、当主のための料理だ。外での会食だって、その場のために用意されたもの。――俺のことを心配して、俺のために料理を作ってくれる人なんていない。未砂だけ」

「……大げさだと思う」

つい、未砂は声を小さくしてしまった。

「照れている？」

「照れていない！」

「そっか。ちょっとだけ素直じゃないところも可愛いけど」

「そういうの要らないから」

「そういうのって、どんな？」

亜樹は分かっているだろうに、わざと聞き返してくる。

「可愛いとか言わなくていいの。可愛げがないのは自分が一番分かっているから」

可愛げがないというのは、誰の言葉だったか。思い出すことができないのは、そんな言葉は、今まで、散々言われてきたからだ。

顔立ちだけならば、母とよく似ている。

だが、表情に乏しくて、普通にしていても不機嫌そうに見えるところは、まったく母とは似なかった。

母は笑顔の絶えない人だった。

そこにいるだけで場を明るくしてくれる。どんな気難しい人も、母と話しているときは楽しそうだった。

誰からも愛される人だった。

本当の可愛い人とは、きっと、母のような人を言うのだ。

「未砂は可愛いよ。俺にとっては、此《こ》の世でいちばん可愛い、太陽みたいにきらきらした女の子だ」

言葉こそ軽薄であるのに、声には妙な湿度が感じられる。お世辞で口にしているのではなく、そこに何らかの感情が乗っていることは確かなのだと伝わってきた。

とはいえ、太陽みたい、というのは理解できない。

まったく自分とは繋《つな》がらないたとえだった。

「わたしの知らない人のこと言っている？」

「俺の好きな子のことを言っているよ」

好き。亜樹は、あの夜に公園で会ったときから、しきりに好意を口にする。

「だから、そういうのは要らないって、言っているじゃない」

「要らないと言われても、本心だから、つい口から出てしまうんだよ。十年前から、ずっと君のことを可愛いと思っているんだよ」

十年前ならば、未砂は八歳、時期によっては九歳になっていたかもしれない。小学校の中学年くらいだ。

亜樹の容姿は、母親が鬼であったという《藤の君》と同じように、《月影》の国の人間にしては珍しい。

顔立ちの美しさとは別に、髪と目の色だけでも印象的なのだ。

一度でも会ったら、二度と忘れないような人だ。

そうであるのに、思い出すことができない。わずかに指先が届いた気がするのに、はっきりとしたことは何も思い出せないから、すわりが悪かった。

「あなたの目を知っている気がする。そう思ったのは、間違いじゃなかった？　十年前、母さんのお葬式が終わった夜に、藤色の目を見た気がするの。あれは亜樹だった？」

「ぜんぶ忘れてしまったと思っていたのに、憶《おぼ》えていることもあるんだね。あの夜に出逢《であ》ってから、ずっと君が好き」

亜樹は過去を懐かしむように口元を綻《ほころ》ばせた。

こんな風に好きと言われて、それがリップサービスや嘘だったとしたら、亜樹はひどい詐欺師である。

だが、そうではないことを、この短い間でも分かっている。

（亜樹は、無理やりわたしを従わせることもできた）

藤の君に挨拶《あいさつ》をしたとき、宝条の誰かが言っていた。

未砂のことなど、猿轡《さるぐつわ》でも噛《か》ませて転がしておけ、と。

宝条という一族にとって、片城の女は、そういった存在なのだ。

一人の人間として尊重する必要はない。道具のように乱暴にあつかっても構わないという認識だ。

亜樹は違った。

多少の強引さはあったものの、未砂の意思を汲《く》もうという姿勢を見せてくれた。

「……十年前のことは、やっぱりちゃんと思い出せないから。あと、あんまり好き好き言わない方が良いと思う」

「どうして？」

「そういう言葉は、何度も言うと重みが薄れるかも」

「ぜんぶ同じ重みで言っているから、薄れるなんてあり得ない。嫌だった？」

「嫌では、ないけど」

誰かに好かれていること自体は、きっと喜ぶべきことなのだろう。

「嫌じゃないなら許して。それでも気になるのなら、聞き流したら良いよ。ああ、この男、また何か言っているなあ、って。見返りがほしくて、君に好き、と言っているわけではないんだよ。応《こた》えは要らないんだ。俺が一方的に、君のことを好きになっただけだから」

「それなら、口に出さなければ良いじゃない」

未砂は溜息《ためいき》をついてから、夕食に作っていた料理を温め直す。

二口コンロに、それぞれポトフと煮込みハンバーグの鍋《なべ》を置く。

ボタンを押すと、ＩＨコンロが音を立てる。

仕様からして、キッチンは、もともと別館にあったものではないだろう。

亜樹は別館を整えたと言っていたが、整えたという言葉のなかには、おそらくキッチンも含まれる。未砂が不便でないように用意してくれたのだろうが、キッチンも置いてある家電も明らかに新しいものだったので、最初に使うときは緊張してしまった。

冷蔵庫を開けて、あらかじめ作っていたマッシュポテトとキャロットラペ、ついでにハムとレタスのサラダを取り出す。

それらを副菜として丸皿の端に盛りつける。

「見ないで。やりづらいから」

振り返ると、テーブルに頬杖《ほおづえ》をついた亜樹が、にこにことしながらキッチンに立っている未砂を眺めていた。

「ごめんね」

謝りながらも、どうやら止めるつもりはないらしい。

ちょうど良く温まった鍋を見て、未砂はコンロのスイッチを切った。

副菜のある丸皿には煮込みハンバーグとソースを、金で縁取られたスープマグにはポトフを盛りつける。

カトラリーと一緒にテーブルに並べると、彼は嬉《うれ》しそうに、いただきます、と口にした。

亜樹はナイフとフォークでハンバーグの端を切り分けると、ゆっくりと口に運んだ。

ひとつひとつの所作に品があり、食べ方ひとつとっても、それを身につけるまでの亜樹の努力が感じられた。

未砂では、こんな風に綺麗《きれい》には食べられない。

「美味《おい》しい」

「食材が良いもの」

主屋の使用人たちが届けてくれる食材は、未砂ならば選ばないものだ。たまに庶民的な品も入っているが、大半の食材は、普段の未砂ならば目にすることのない値段のものだろう。

「料理人の腕が良いんだよ。俺が帰ってくるまで、大学の課題をしていたの？　真面目だね」

亜樹の視線が、テーブルに出したままのノートパソコンに向けられた。

「通わせてもらっている以上、ちゃんとしたいと思っているだけ。正直、大学は通えなくなる、と覚悟していたから」

休学もしくは退学を迫られるかと思った。

休学でも退学でも、未砂にとっては結果は同じだった。

休学するのであれば、学費を免除してもらっている特待生の立場は、おそらく取り消される。そうしたら、私立大学の学費を払うことはできないので、大学は辞めざるを得なかった。

卒業したい気持ちはあったが、亜樹に言われたら、大学は諦《あきら》めただろう。

今後も続くであろう人生で、ずっと、この不幸に振り回されるのは御免だ。

不幸が消えたら、距離を空けるしかなかった弟とも、また会えるかもしれない。

（それに。わたしだけじゃなくて、母さんのこともあった）

母の死に、未砂たちの不幸の原因――祟《たた》り神が関わっていると知った以上、どのみち亜樹との婚姻を優先させただろう。

「未砂が通いたいと思っているなら、それを取り上げたくなかった。君の自由を奪いたいわけではないんだよ。今はそう思っている」

「今は？」

つい口を滑らせてしまったのだろう。亜樹は気まずそうに、ううん、と小さく唸《うな》った。

「公園で再会する前までは、君には事情を話さないことも考えていた。婚礼の儀までの間、別館で大人しくしてもらうようにお願いして、必要なときだけ外に出す。お願いというよりも、軟禁だね。そちらの方が、君にとっては良いんじゃないか、と迷っていた」

「軟禁は嫌だけど」

「でも、何も知らないままでいた方が、君の気持ちは楽だったと思うよ。君はお人好《ひとよ》しだから、ちょっとでも関わったら相手のことを気にしてしまう。俺なんかにも気遣いを見せてしまう、こんな風にご飯を作ったり」

「そう言うけど。結局、あなたはわたしを軟禁しないで、事情を話したじゃない。どうして？」

「理由はいろいろあるけど。そうだな、君を閉じ込めて言うことを聞かせるのは、君を人間あつかいしていないみたいで、すごく嫌だった、というのもある。俺の言葉は信じられないかな？　君のことを、藤庭まで誘導した人間だしね」

「やっぱり、進学のときから、あなたが手を回していたんだ？」

契約書をつくるとき、疑問には思っていたが。

やはり未砂の大学進学から、アパートやバイト先、すべてに亜樹の力がおよんでいたのだ。

「怒っている？」

「怒ってはいない。あなたが手を回していたとしても、選んだのは、わたしだから。……でも、一方的に、わたしのことを知られているのは嫌」

「ストーカーされているみたいで気持ち悪い？」

「気持ち悪いというより、負けた気分、が近いかも。あなたばかりわたしのことを知っていて、ずるい」

「ずるい、かあ」

「わたしは、あなたのこと、ぜんぜん知らない。あなたが、どんな人なのか分からないの。だから、教えてよ」

　亜樹の肩書きや立場は知っている。だが、亜樹の性格や考え方、どんな風に生きてきたのかを知らなかった。

「俺のことなんて、知る必要あるの？」

「必要かどうかではなく、知りたいの。あなたに酷《ひど》いことをしたくないし、あなたにも酷いことをしてほしくないから。人は鏡のようなものだって、亡くなった母は言っていたの」

「鏡？」

「わたしが誰かを大切にしたら、誰かもわたしを大切にしてくれる。たぶん、そういうこと。もちろん、世の中そうじゃないことは知っているけど」

「そうだね。人生は不平等で、不公平なものだ」

「どれだけ誰かを大切にしても、相手が同じだけのものを返してくれるとは限らない。……それでも、わたしは誰かを大切にしたい。相手が、わたしのことを大切にしてくれなくても」

「俺のことも大切にしたい、と思ってくれるんだね。宝条亜樹。二十歳。君よりも二歳だけ、お兄さん」

「お兄さんと言うけど、たった二歳の差だから……なに笑っているの？」

「未砂に、お兄さん、と呼んでもらうのが嬉しくて。十年前の未砂は、俺のこと、そう呼んでいたんだよ。──あとは何を言えば良いのかな？」

聞き返されると、未砂もすぐには出てこない。

「ご趣味は？」

「お見合いみたいだ。趣味は、読書とドライブかな」

「本が好きなの？　わたしも好きだった、子どものときは」

もう手に取らなくなって久しいが、母親が存命のときは、よく一緒に本を読んでいた。絵本も児童小説も、手作りお菓子のレシピが載った本も、未砂が興味を引くものに母は何でも付き合ってくれた。

「いまも好きかもしれないよ。少し離れていただけ。他には、子どものとき好きだったものはないの？」

「手芸？　母さんが得意で」

一緒になって、いろいろ手縫いをした。はじめて縫ったのは、小さな巾着《きんちゃく》だったと思う。母が用意してくれた和柄──藤の花が描かれた生地を使った。

そこまで考えて、未砂は我に返る。

自分のことではなく、亜樹のことを聞きたいのだ。

「わたしの話は要らなくて。ドライブが趣味なのは、あんな大きい車に乗っているから分かる。ああいうのが好きなの？」

「好きというより安全だからね。君を隣に乗せるとき」

ボディが薄いと、事故に巻き込まれたとき乗っている人間が負傷する。場合によっては命にも関わるかもしれない。

「わたしのために選んだの？」

「俺のためでもあるよ。そのうちデートしようね」

未砂は溜息《ためいき》をつく。

「誘ってくれるのは嬉《うれ》しいけど。デートより先に、《藤の君》の魂が宿った依代《よりしろ》を集めないと。もうすぐ一回目」

十一月の満月の夜は、いよいよ数日後に迫っている。冬至の婚礼までに、分けられた《藤の君》の魂を回収しなければならない。

◇◆◇◆◇

十一月の上旬、満月の夜。

亜樹の車に揺られて辿《たど》りついたのは、藤庭市の西端にある神社だった。

「神社って、ふつう参拝客がいるものじゃないの？」

鳥居も境内も社殿も、何もかも立派で、観光スポットになっていても不思議ではない。夜ではあるが、電灯で綺麗《きれい》に照らしているので、参拝客も喜ぶだろう。

だが、まったく人の気配というものが感じられなかった。

手水舎《てみずや》も社務所もなく、絵馬なども見当たらない。これは昼間も参拝客がいないのではないかと思った。

「私有地の中だから参拝客は来ないよ」

「ああ、そういう」

宝条の邸《やしき》があるあたりも、かなり手前から私有地となっていた。それと同じで、この神社がある土地も宝条の持ち物なのだろう。

「どうして、こんな藤庭の外れに神社があるんだろう、と思っている？」

「思っている。そもそも《藤の君》の墓所は邸にあるから、神社を建てるなら邸にだよね？」

邸にある大きな藤の下に、《藤の君》は埋められたのだ。

とうに肉体は土に還っているだろうが、魂だけは、そこに在るのだという。だから、神社を作るべきは、本当ならば、あの藤のもとなのではないか。

「この神社は、ちゃんと目的があって建てられたものだから、邸にあっても困るんだよ。《藤の君》の魂を分けたことについて、ちゃんと説明していなかったね。未砂は、分霊って聞いたことある？　此《こ》の国の各地には同じ名前の神社がある。これは同じ神様を祀《まつ》っていることが多いんだけど」

「神様が各地の神社を順番にまわっている、ということ？」

「違うよ。同時に、それぞれの神社にいらっしゃるんだ」

　未砂は首を傾げる。

　神様は一柱なのに、どうやって複数の神社に鎮座するのか。

「神の御霊《みたま》……魂を分けるから、それぞれの神社にいらっしゃる。昔は、今ほど交通網が発達していない。その神様にお参りしたくても、遠くて辿りつけない。だから、魂を分けていただく。ちなみに、いくら分けても、もとの神様には影響はないよ。ここまでが一般的な話」

「《藤の君》は違う？」

「ふつうの分霊と違って、分ければ分けるほど、もとの神様の力が弱まる。そういう風にしているんだ。こっちに来て」

　未砂のことを、亜樹は拝殿の奥に誘った。

　拝殿の奥にある刀掛に、刀が飾られていた。拵《こしらえ》――鞘《さや》や柄《つか》、鍔《つば》などがなく、剝《む》き出しになった刀身だけがある。

　長い年月が経っているだろうに、不思議と錆《さ》びや傷はない。今でも簡単に人を殺せそうな鋭さがあった。

「《藤の君》を殺した刀」

刀身は短く、反っているのではなく真っ直ぐ。

藤の君に挨拶《あいさつ》をしたとき、未砂の頭に流れ込んできた光景があった。血だらけになって倒れる男の胸は、その刀で一突きにされていた。

「《藤の君》と縁のあるものを依代として、彼の魂を分けているんだ。彼を殺した刀は、彼の魂を分けるのにふさわしい」

「自分の命を奪った刀なのに？　かえって、お怒りだと思うけど」

「言葉を変えるね。千年も憎しみを忘れられないんだよ。それだけ自分を裏切った女に執着している。《藤の君》にとって、この刀は自分を殺した刀である前に、愛する女の持ち物なんだ」

「それなら、他の依代は？」

「それも刀だね。依代は、一本の刀を刀身と拵に分けているんだ。だから、満月の夜、二か所の神社をまわって、当時の形に戻してゆく」

ここにあるのは刀身だが、他の神社には拵があるということだ。

亜樹は鞄《かばん》から仰々しい札の貼られた箱を取り出した。そして蓋《ふた》を開けると、刀の茎《なかご》を摑《つか》んで箱に納める。

瞬間、未砂の目は知らない光景を映し出す。

淡い紫の花が揺れる藤棚の下で、亜樹とよく似た顔をした男が、黒髪の女性に刀を差し出している。

女性は微笑んで、男から刀を受け取った。

そうして、嬉しそうに男に身を寄せた。

(藤の君と、花嫁?)

寄り添う二人は、誰が見ても思い合っていることが伝わってきた。

この先、花嫁がその刀をもって藤の君を殺す未来が待っているとは、とても信じられなかった。


「あまり引きずられないでね」

亜樹の声に、未砂は我に返った。もう未砂の両目には、藤の君と花嫁の姿は映っていなかった。

「今のは、亜樹にも見えていた?」

「俺には何も見えていないよ。でも、片城の女には見えるらしいね。藤の君の記憶なのかな?」

「記憶にしては、ドラマとか映画を見ているみたいだった」

藤の君の記憶ならば、彼の視点であるべきなのに、まるで俯瞰《ふかん》しているようだった。

「それなら、あの藤の木が見てきた光景なのかもしれないね。彼の遺体は藤の下に埋められたから、繋《つな》がっていても不思議ではない。何が見えたの？」

「藤の君が、花嫁に刀を贈っていたの。依代の刀だったと思う」

「この刀は、藤の君を殺した刀であると同時に、彼が花嫁に贈った刀だからね。もちろん、贈った理由は、自分を殺させるためではない。彼女が身を守ることができるように、という願いからだったのだろうけど」

「すごく仲が良さそうな二人でした。どうして、花嫁は藤の君を殺したの？」

あなたが無事であるように、という願いを込めて、藤の君は刀を贈ったはずだ。それなのに、その刀で殺されてしまった。

「さあ？　千年も前のことだ。記録に残っていないことは分からない。今夜は、これで終わり。次は十二月の満月の夜だね」

月の満ち欠けを考えると、だいたい一月後といったところか。

「終わったなら早く帰ろう。亜樹の睡眠時間がなくなっちゃう。ずっと忙しそうだけど、休んでいる？」

亜樹は土日や祝日も含めて、ほとんど休みなしに仕事をしているようだった。いろいろと立場があるのだろうが、それにしても異様な働き方だ。

「休んだ方が良いのは分かっているけど、忙しいのは、半分、俺のせいだから仕方ない。俺は嫌われ者だから、余計な邪魔が入るんだよ。ほとんど親族経営の会社なのに、その親族から嫌われていたら、上手《うま》く行かないこともあるよね」

「そんなのおかしい。亜樹はいつも遅くまで頑張っているのに、どうして、あなたのことを嫌うの？」

頑張っている人間の足を引っ張らないでほしかった。そもそも親族経営ならば、亜樹も含めて、皆、同じ船に乗っている者同士だ。亜樹を嫌って、亜樹の足を引っ張っている暇があるなら、もっと他にすべきことがある。

「当主となるはずだったのは、俺ではなく兄だった。だから、俺のことを気に食わない人間が多いんだ。大事なご長男様を押しのけて、当主の座に就いた、と」

兄。そういえば、《藤の君》に挨拶した夜、亜樹は言っていた。

宝条の邸に残っているのは父親である先代だけで、兄や他の親族は邸から追い出した、と。

「でも、亜樹がなりたいからといって、当主となれるもの？」

まして、長男が健在であるならば、亜樹の出番はなかったのではないか。

「宝条の当主となる条件は、いくつかあるのだけど。一番大事なのは、神を降ろす器であること。器たる資格がなければ、話にならない」

宝条家は《藤の君》と呼ばれる祟《たた》り神を鎮めることで、恩恵を得てきた。藤庭という土地の発展も、宝条の繁栄が関係している。

だから、宝条は《藤の君》を鎮め続けなければならない。

鎮めるために、神を降ろした状態で、未砂のような片城の女――《藤の君》を殺した花嫁の末裔《まつえい》を娶《めと》り、婚礼の儀を成立させなければならない。

そうすることが、未砂を襲っている不幸を消すための方法でもある。

「亜樹のお兄様、えっと、たかなり、さん？」

あの夜、亜樹たちの話に出てきた名だ。

字は分からないが、たしか《たかなり》という名前だった。

「ふふ、変な発音になっている。字はね、栄えるという意味の隆盛の《隆》に、成就の《成》。これで隆成だよ。ご立派な名前でしょう？　俺と違って」

「亜樹だって、素敵な名前だと思うけど」

「……ありがとう。お世辞でも嬉《うれ》しいな」

礼を口にしながらも、亜樹は浮かない顔をしていた。憂いを帯びたまなざしを隠すように、彼はそっと目を伏せる。

「お世辞ではなく、本当のことを言っただけ。とっても綺麗《きれい》な名前」

あき、濁りのない美しい響きだ。

「褒めてくれるのは有り難いけど。亜樹という名前は、俺のものではないから」

「自分の名前なのに、自分のものと思えないの？　どういう理由で、そう感じているのか分からないけど。これから自分のものにしたら良いんじゃない？　名前って、少しずつ馴染《なじ》んでいくものだと思うの」

「馴染む？」

「名前だけは、自分では選べないでしょう？　あとで改名はできるかもしれないけど、生まれたときつけられた名前は選べない。だから、精一杯に生きて、歳を重ねてゆくなかで、少しずつ自分のものにするの」

亜樹は伏せていた目を上げて、じっと、未砂の顔を見た。

「自分の、ものに」

「そう。これから自分のものにしていけば良い。……ごめんなさい、話を遮って。宝条の当主となるには、お兄様――隆成さんは資格がなかったということ？」

「うん。本家に生まれた男は、神様を降ろすための器かどうか、一定の年齢になると調べるんだ。調べると言っても、形式上のものなんだけどね。本家の長男で、神を降ろせなかった者はいないから」

「それなのに、隆成さんはダメだったのね」

「神降ろしの器たる資格があったのは、隆成ではなく俺だった。《藤の君》は、隆成ではなく俺を選んだ」

藤の君に選ばれる。

神と人ならば、当然、力関係は神が上になる。

神降ろしとは、神に降りてください、と願い出て、神が降りても構わない器を選ぶところから始まるのだろう。人間側が強制的に神を降ろすことができるわけではないのだ。

「どうして、あなたが《藤の君》に選ばれたの？」

「どうしてだろうね？　でも、選ばれて良かった、と心から思っているよ。俺は、どうしても《藤の君》の器になりたかったから」

「そんなに当主になりたかったの？」

「当主になりたかったのではなく、《藤の君》の器になりたかった」

「それって同じことじゃないの？」

宝条の当主となるには、神を降ろすことのできる器に選ばれなければならない。二つは同義だろう。

「俺にとっては違うんだよ」

何が違うのか分からなかった。そして、その意味を問うても良いのか、未砂は迷ってしまった。

（難しい。何処まで、踏み込んで良いのか分からない）

限られた時間であっても、亜樹とは良好な関係を築きたい。

亜樹は、未砂に無理強いはしなかったから、なおのこと、そう思っている。

亜樹は、公園で再会するまで、未砂には何も話さず無理やり協力させるか迷っていたらしい。そうしなかったのは、未砂を人間あつかいしていないみたいで嫌だった、と打ち明けてくれた。

あのときの亜樹は申し訳なさそうにしていたが、気づいているのだろうか。

そもそも迷っていた時点で、未砂のことを一人の人間として気に掛けてくれていることに。

亜樹には、力尽くで未砂を従わせるだけの力があった。あんな契約を結ぶ必要はなかったのに、人として未砂の意志を尊重してくれた。

だから、未砂も亜樹の力になりたい。

そう思うが、踏み込むには知らないことが多すぎる。

亜樹のことも、宝条の一族のことも。

◇◆◇◆◇

ティータイムのピークを過ぎて、喫茶店《晴れ風》には、のんびりとした時間が流れていた。

さきほど会計を済ませた客で、店内に残っていた客人は最後だった。

「未砂ちゃん。表の看板、変えてきてくれる？」

「分かりました」

未砂は外に出ると、入り口の看板を営業中から準備中に変える。

もう少し遅い時間になったら、今度は仕事帰りのサラリーマンなどを迎えることになるが、それまではいったん店は閉まる。

「未砂」

名を呼ばれて、未砂は顔をあげる。

スーツ姿の若い男が立っていた。オーダーメイドであろうスーツは落ちついた灰色で、ネクタイはきっちり首元まで締めている。新品のように磨かれた革靴からは、どこか神経質そうな印象を受けた。

柔らかな茶髪に、紫の目をした男だった。

「……？　初対面、ですよね」

姿かたちは亜樹とかなり似ているが、亜樹ではないと思った。

亜樹の目は、もっと鮮やかで、美しい藤色をしているのだ。何よりも、こんな冷たいまなざしを未砂に向けることはない。

「なるほど。私と亜樹の見分けくらいはつくのか」

「看板、変えてくれた？　終わったら、そろそろ休憩に入って……っ、！　隆成、様。どうして、こちらに」

なかなか戻らない未砂を心配して、店長が表まで出てきた。彼女は男の姿を見るなり、唇を震わせた。

「見覚えのある顔だな。ああ、むかし母上のところにいた女か。邸《やしき》を辞したというのに、まだ藤庭に残っていたのか？　こんなところで店など開いているとは思わなかった。亜樹に取り入って、店の用意までしてもらったのか？」

「……亜樹様は関係ありません」

「たしかに、亜樹に取り入ることなど、恥ずかしくてできるはずもないか。亜樹が、母上のところで、どんなあつかいを受けていたのか。それを知りながら、見ない振りをしていたのだから」

「それは」

「仕方ないことだったか？　主人に逆らうことはできないものな。逆らうことができないなら、邸を辞してからも、そうしていれば良かったものを。亜樹に加担して、片城の女を雇うなど……」

「隆成さん。もしかして、亜樹のお兄様ですか？」

青ざめた店長を庇《かば》うように、未砂は一歩前に出た。

「気安く呼ぶな。亜樹と同じで礼儀を知らないらしい」

「礼儀を知らないのは、そちらではありませんか？　まだ準備中ですよ。時間をあらためてください」

未砂は看板を指差した。

「わざわざ私が出向いてやったのだから、迎えいれるのが礼儀というものだろう」

「お客様は平等です。あなただけ特別あつかいはできません。店長、なか入りましょう」

ディナータイムの準備があるから、仕様もない相手に付き合っている時間はない。

「お前の弟が、どうなっても構わないのか？」

ほとんど反射的に、未砂は振り返った。

（はったり？　でも）

「北斗だったか？　北斗七星から取ったのか。片城の《男》など、女と違って何の役にも立たないくせに。たいそうな名前を貰《もら》ったものだな」

「あの子に、これ以上なくふさわしい名前です。自慢の弟ですから」

星にまつわる名前がぴったりな子だ。未砂の目から見た弟は、いつも一生懸命で、きらきらと輝いている。

「本気で、そう思っているのか？　憎んだことだってあるだろうに。ずいぶん苦労したらしいな。大人たちはろくに頼りにならないなか、歳の離れた弟を、まるで母親の代わりのように育てて。ずっと必要のない我慢も強いられてきた」

隆成は、すでに未砂の家庭事情について調べているようだった。

だが、そんな上辺だけの情報で、何もかも分かったように語られたくない。

「わたしたち家族のことを知りもしないで、勝手なことを言わないでください。わたしは、あの子を愛しています。苦労がなかったとは言いませんが、それ以上に素敵な思い出があります」

「愛しているなどと言うならば、なおさら、私と話をする必要があるのではないか？」

「……弟には手を出さないでください」

「お前が大人しく付いてくるのならば、今すぐ、どうこうはしない」

隆成は唇をつりあげた。亜樹ともよく似た顔であるのに、亜樹よりも、ずっと冷酷な表情だった。

　隆成に言われるがまま、未砂は見知らぬ車に乗せられた。

「出せ」

　隆成は運転席に声を掛けると、未砂とともに後部座席に乗り込んだ。車は《晴れ風》の前を発車し、どんどん離れていった。

　スモークガラスのせいか、外の様子が把握しづらかった。

　藤庭の出身ではない未砂は、自分の行動範囲しか分からない。土地勘がないため、なおさら何処につれていかれているのか分からなかった。

「まったく、ずいぶん手間取らせて。亜樹の指示なのか？」

「指示？」

　ピンと来なくて、未砂は聞き返してしまった。

　その返事が気に障ったのか、隆成は眉間《みけん》のしわを濃くした。

「察しが悪いな。いつも亜樹に車を出させていただろう。それが難しいときは、わざわざ亜樹の持っているタクシー会社を使っていた。あれでは、手を出した途端、すぐ亜樹に勘づかれる」

そこまで言われて、ようやく未砂は理解した。

亜樹ができる限り大学やバイトの送り迎えをしてくれたことも、それが難しいときは特定のタクシー会社を使うように言っていたことも、きちんと理由があったのだ。

今日のように、未砂が連れ去られないようにするためだ。

（だから、わざわざバイトの最中に？）

亜樹とはスケジュールの共有をしているので、いまの時間、未砂は《晴れ風》にいると思われている。どこかに連れ出されたとしても、発覚するまで、しばらく時間がかかるだろう。

あの様子では、店長から亜樹に連絡がいくとも考えづらい。

何をされるか分かったものではない状況で、未砂のために動いてくれとは言えない。以前、宝条の邸に仕えていたという話だが、辞めた今も、逆らうことはできないのだろう。

「誘拐ですよ、こんなの」

「誘拐というのは、人間を連れ去ることだろう。藤庭における片城の女は、そもそも人ではないから問題ないな」

未砂のことなど一人の人間として尊重する必要はない。だから、何をしても構わない、という理屈らしい。

「亜樹は、わたしのことを人間あつかいしましたよ」

「甘ったれな亜樹が何を考えているのか分からないが、片城の女というのは、宝条が管理するものだ。だから、俺が当主として、お前をあるべき場所に置き、正しい使い方をする」

「当主は、あなたではなく亜樹でしょう?」

「亜樹が当主となったことは間違いだった。お前さえ手に入れたら、《藤の君》も俺を選ぶだろう」

三十分もしないうちに、車は停まった。

連れて来られたのは平屋建ての邸だった。

ぐるりと高い塀があり、外からは中の様子が見えない。

そのうえ、あたり一帯が私有地なのか、他に建物がなく、林に囲われているのも最悪だった。

これでは、助けを求めようにも求められない。

「奥へ。間違っても逃げだそうなどと思うなよ」

隆成に言われるがまま、未砂は玄関をあがり廊下を進む。

薄暗く、湿気の籠《こ》もったような邸だった。最低限の管理はされているようだが、普段から人が住んでいるとは思えない。

しばらく進んで、廊下の先に部屋が見えてきたと思った直後のことだ。

いきなり肩を押されて、未砂は倒れ込む。

近くの部屋に押し込められたと思ったら、戸が閉められてしまう。

顔をあげた未砂は、そのまま言葉を失った。

嵌《は》めごろしの窓から差し込んだ陽光が、部屋のなかを照らしている。奇妙な部屋だった。鉄製の格子が、部屋の中央を区切るようにあった。

(座敷牢《ざしきろう》?)

実際に見たことはないが、おそらく、そうだろう。

格子の奥には、鏡台や箪笥《たんす》などの調度品があり、そこで誰かが生活していた名残を感じさせる。

「片城の女は、宝条の管理下に置く、と言っただろう。本来、生まれてから死ぬまで、外の世界に出さないことになっている。お前の母親とて、藤庭から逃げ出すまでは、そうだった」

未砂の母親が、藤庭の出身であったことは察していた。

だが、こんな恐ろしい場所に囚《とら》われていたとは思いもしなかった。

藤庭で生活している多くの人々と同じような、ありふれたどこにでもあるような生活を想像していた。

未砂は倒れ込んだまま、誰もいない座敷牢の前で呆然《ぼうぜん》とする。

「おかしいです、無理やり人を閉じ込めるなんて」

「必要なことだ。だから、ずっと宝条はお前たちのことを管理してきた。……お前の母親だけは、どうしても逃がすわけにはいかなかった。片城の最後の生き残りだったんだ。果たすべき役目があった」

「役目？」

「神を降ろした宝条の当主に嫁ぐこと。そして、血を絶やさぬために、新たな片城の女を生むこと」

「無理やり、母にそうさせようと？　だから、閉じ込めていた？　そんな恐ろしいこと、許されるはずない」

自分の意思で、亜樹と契約した未砂とは違う。

母は、そもそも自分で選ぶことができないまま、隆成の口にした役目を強いられそうになっていたのではないか。

「神を鎮めるためならば、どんな非道も許される。そうしなければ、藤庭にいる多くの人間が《藤の君》の祟《たた》りで死ぬのだから」

目の前が怒りで真っ赤に染まった。未砂の大事な人が、今も愛している人が、この場所で理不尽なあつかいを受けていたのだ。

いつも明るく、笑顔の絶えない人だった。

その笑顔の奥底に、こんなにも恐ろしい過去があったことを知らなかった。

「人の命と引き換えなら、母の尊厳を踏みにじっても良いんですか?」

そんなものは生贄《いけにえ》と変わらないではないか。誰かの命を救うために、犠牲になることを強いられているなんて。

(母さんの命だって、その誰かと同じ命なのに)

母の命とて、等しく価値があるもので、尊重されるべきものだった。どうして、生まれたときから囚われて、何もかも奪われなければならないのか。

隆成は嘲《あざけ》るように口元を歪《ゆが》める。

「片城に生まれた時点で、尊厳など貰《もら》えると思うことが間違っている。神と関わるならば、人の心など持つべきではない。――持つべきではなかったというのに、お前の母は、藤庭から逃げ出した。教えてやろうか? お前の母が逃げたせいで、どれくらいの人間が死んだのか」

母が逃げ出したことで、たくさんの者が亡くなった。

目の前の男が言っていることが真実だったとしても、それは本当に母の責任なのだろうか。

記憶にいる母は、父と結婚して、心の底から幸せそうだった。

父だって、母のことを宝物のように大事にしていた。

結果的に悲しい別れになってしまったが、ふたりの優しい時間を、誰よりも近くで見てきた。

未砂は拳《こぶし》を握って、隆成のことを睨《にら》みつける。

足がすくんで立ちあがることはできなかったが、心まで屈したくなかった。

「母さんは悪くない、ぜったいに」

隆成は膝《ひざ》を折って、未砂の顔を覗《のぞ》き込む。

「そう思うならば、お前が母の犯した罪を贖《あがな》え。そのために、私がお前のことを正しく使ってやる、と言っている」

不意に、隆成が手を伸ばしてきた。

「あなたに使われるのなんて、ぜったいに嫌です」

未砂は震える手で、彼の手を叩《はた》き落とした。

(顔は似ていても、中身は似ていない)

同意がなければ指一本触れない、と誓ってくれた亜樹とは違う。

この人は、未砂のことを、ひとりの人間ではなく、都合良く使える道具のように思っている。

「では、亜樹ならば構わないのか？　私よりも亜樹を選ぶのか。理解できない。私の方がずっと優れているというのに」

「何をもって優れていると判断すべきか、わたしとあなたでは基準が違うみたいです。きちんと話が通じる。わたしを尊重してくれる亜樹の方が、あなたよりもずっと優れていると思います」

「手荒な真似は好きではないのだが」

「もう十分、手荒な真似をしていますよ。弟のことで脅迫までして」

未砂が強がると、隆成は唇を歪めた。

「これくらいのことで、手荒と思うならば、お前はずいぶんお優しい場所で生きていたのだな」

瞬間、思いきり肩を摑《つか》まれて、無理やり引き寄せられてしまう。

ほとんど反射的に、未砂は片手を振りあげた。ちょうど手首のあたりが、隆成のみぞおちに当たる。

「……っ、この！」

髪をわしづかみにされて、引っ張られる。未砂は痛みに呻《うめ》きながらも、視線だけは逸《そ》らさなかった。

「わたしを閉じ込めるために、こんなところに連れてきたんですよね？　でも、それって、何の意味があるんですか？　わたしのこと、うまく使うなんて言いますけど、無理でしょう。宝条の当主は、あなたじゃなくて亜樹なんですから」

「あれを当主から引きずり下ろせば良い」

「どうやって？　神様を降ろすことができるのは、あなたではなく亜樹なんでしょう。あなたは神様に選ばれなかったんです。わたしを手元に置いても、それは変わらない」

「……っ、黙れ！」

隆成は舌打ちをすると、未砂を座敷牢のなかに突き飛ばした。

閉じ込められると思ったときには、すでに遅かった。

一部が扉のように開くようになっていた格子は、そこを閉じられて、外側から錠を掛けられてしまった。

「……っ、出してください！」

未砂が叫んでも、隆成は出ていってしまった。

取り残された未砂は、しばらく格子を揺すってみる。しかし、未砂の力ではびくともしなかった。

嵌めごろしの窓から差した光が、座敷牢のなかを照らした。白っぽい光に、部屋のなかに舞う埃《ほこり》が見えてくる。

ろくに掃除もされていなかったのか、ひどく埃っぽい。

（ううん。たとえ綺麗《きれい》にしてあっても、こんなの人が生活する場所じゃない）

こんな寂しく恐ろしいところに、母が閉じ込められていたのか。

未砂は何とか立ちあがって、調度品の箪笥《たんす》を片端から開ける。ここから出るために使える道具がないか、次々に抽斗《ひきだし》を開けるが、出てくるのは衣類や日用品ばかりであった。

最後の抽斗を開けると、中には経年劣化したノートがあった。

ひまわり畑の写真が印刷された分厚いノートは、開いてみると、罫線《けいせん》が引かれただけのごく一般的なノートだった。

ノートには教本のように美しい字が並んでいた。

それが母親の字であると、未砂は気づいた。亡くなってから十年も経って、もう思い出は遠くなっているというのに、不思議と、母の字だと理解できた。

今日から日記をつけなさい、と栄嗣様がノートをくださった。

何を書けば良いのか分からないと言ったら、その日に起きた嬉《うれ》しかった出来事を、どんな些細《ささい》なことでも良いから書くように、と言われた。

今日の嬉しかった出来事は、栄嗣様からノートをいただいたこと。

栄嗣様が、読み終わったから、と本を譲ってくださった。一度も開いた様子がないから、きっと、わたしのための本。あいかわらず素直ではない人です。

久しぶりに、格子から出してもらいました。いつのまにか季節が変わっていて、庭の木々の葉が落ちていました。今年は紅葉すら見られなかった。

あいかわらず塀に囲まれているせいで、外の景色は何も見えませんでしたが、見上げた空はどこまでも続いていました。

わたしが思っているよりも、外は遠い世界ではないのかもしれません。

本のなかには、いろんな人生が描かれています。

わたしではない誰かは、きっと、外の世界で幸せそうに生きているのでしょう。わたしも外に出たら、こんな風に幸せになれるのでしょうか？

栄嗣様にココアを作っていただいた。

外には、こんな美味《おい》しいものがあるのだから、やっぱり外は素敵な場所なのだと思います、と言ったら、単純だな、と笑われてしまいました。

日記は、その後も続く。

大半は、本当に、他愛もない内容だった。

閉じ込められて、不自由を強いられていたであろう少女が記すには、悲愴《ひそう》感がなかった。

だが、言葉の端々から、彼女の諦念《ていねん》が感じられた。

外の世界に憧《あこが》れながらも、どうせ外には逃げられないのだ、という絶望が、そこには滲《にじ》んでいた。

名前のある登場人物が、栄嗣という人しかいないことも、彼女の置かれた環境の厳しさを物語っていた。

(この栄嗣って人、どこかで。婚姻届の保証人?)

宝条栄嗣。

亜樹が用意した婚姻届で見た名前だった。今も亜樹と繋《つな》がりのある宝条の誰かが、この邸《やしき》に閉じ込められていた母と親しくしていたのだ。

窓の外から差し込んでいた光が、徐々に遠くなって、ノートの文字が暗くて読めなくなった。

もうすぐ日が暮れるのに気づいて、未砂は溜息《ためいき》をつく。

自力での脱出ができるような道具は見つからなかった。あとは何とかして外に出してもらうしかない。

(さすがに、閉じ込めて餓死させたりはしないよね。婚礼の儀には、わたしが必要なんだから、生かしておく必要がある。ぜったい食事を持ってきてくれる人がいる。そもそも母さんの日記を読んだ限り、邸から出さないだけで、牢《ろう》から出るタイミングはあるはず)

まるきり閉じ込めたままでは、弱り切って死んでしまう。死んでしまったら困るから、母は健康に必要な最低限のことは許されていたようだった。庭の散歩をさせてもらっているのも、その証拠だ。

宝条は、言葉どおり、未砂の母親のことを管理していた。

未砂は、焦るな、冷静になれ、と自分に言い聞かせる。

(逃げる機会がめぐってきたとき、きちんと逃げ出せるように体力を温存しておく。今できるのは、それだけ)

未砂は壁に背を預けると、しばらく目を伏せた。

だが、目を閉じると、視界が真っ暗になるせいか、自分の心に巣くっている不安を意識してしまう。

こんなとき、誰かが言ってくれたら良いのに。

大丈夫？　と心配してくれたら、きっと頑張ることができるのに。十年前の未砂が、そうであったように。

(あれは、誰が言ってくれたんだろう？)

母の葬式の夜、未砂のことを心配してくれた人がいた気がする。

あれは亜樹だったのだろうか。分からないが、藤色のまなざしだけが、心細くて堪《たま》らない未砂の心に寄り添ってくれた。

(大丈夫。十年前、そう聞いてくれた人がいた、心配してくれる人がいた。だから、大丈夫)

そう言い聞かせながら、未砂は浅い眠りに身を委《ゆだ》ねた。

◇◆◇◆◇

「こんな状況で眠るなど、ずいぶん能天気だな」

その声に、浅い眠りに落ちていた未砂は覚醒《かくせい》する。まぶたを開けると、格子の向こうに、呆《あき》れたような隆成の姿があった。

やはり顔が似ていても、亜樹とはまるで表情が違う。

「泣いていた方が良かったですか？」

「ああ。亜樹への恨み言を吐きながら、涙のひとつでも零《こぼ》していれば良いものを。可愛げのない女だ」

「恨み言を零すのなら、亜樹にではなく、あなたにですよ。亜樹は何も悪くありません」

隆成は苛立《いらだ》たしそうに片手で前髪をかきあげた。

「何もかも亜樹が悪い。亜樹が《藤の君》に神降ろしの器として選ばれたとき、宝条は上から下まで大騒ぎだった。どうしてか分かるか？」

「亜樹が次男だったから、ですよね？」

「神降ろしの器になるのは、宝条の本家に生まれた男児。それは本来、一人しか存在しない。神の器となる宝条の男も、花嫁となる片城の女も一人ずつしか生まれないんだ。お前の下にいるのも妹ではなく弟だろう」

「……隆成さんが、女性だった、とか？」

「本当に能天気な女だな。どこからどう見ても私は男だろうが。私と亜樹は、同い年の兄弟だ」

「双子？」

「母親の違う兄弟だ。私は先代の正統な奥方の息子で、亜樹は顔も生死も分からぬ女の子ども。私と亜樹ならば、《藤の君》の器に選ばれるのは私だ、と誰もが信じていた。……さて、器にもなれぬ亜樹は、宝条にとって何の価値もない亜樹は、どのようなあつかいをされたと思う?」

「無関心、とかですか?」

亜樹は家族や親族に興味がないようだった。彼らが亜樹に興味を持っていないから、亜樹もそうなったのではないか。

「はは。放っておかれただけならば、まだ救いがあったな。憐《あわ》れなものだった。理不尽に虐げられて、惨めに這《は》いつくばって。いっそ死んだ方が楽になれただろうにな。――だが、それも仕方ないことだった。何の価値も持たずに生まれてきてしまった、踏みにじられても仕方ない命だったことが悪い」

「……っ、お止めください! 御当主様!」

そのとき、誰かを止める声と、激しい足音がした。

閉じられていた戸が、横に開けられるのではなく蹴破《けやぶ》られた。

現れたのは、息を乱した亜樹だった。

革靴のまま乗り込んできた彼は、そのまま室内にいる隆成のことを殴りつけた。油断していた隆成は、受け身を取る暇もなく床に叩《たた》きつけられる。

「隆成」

亜樹の声は、ぞっとするほど冷たかった。

「隆成様だろう？　……っ、出来損ない」

倒れ込んでいた隆成は、何度か咳《せ》き込みながら身体を起こした。

「いまは、君の方が出来損ないでしょう？　神降ろしのできない宝条の男なんて、何の価値もないゴミだ。俺に向かって、そう言ったのは君だ。忘れたの？」

「お前など生まれるべきではなかった。母上が情けをかけて生かしてやったというのに。その恩も忘れたのか？」

「誰も情けをかけてほしいなんて頼んでいないよ。そもそも、君の母親のあれは、世間一般では情けではなく虐待というんだよ。まともに教育もせず、食事も与えず、機嫌が悪いときは暴力を振るう」

「殺さなかっただけ慈悲だろう。何故、お前が当主に。誰も認めてはいない」

「そう？　敵が多いのは否定しないけど、少なくとも、先代は俺を取ったよ。可哀そうな隆成、大好きなお父様からも見捨てられて。今さら未砂《さら》を攫っても、当主となれるわけでもないのに」

「片城の女を手に入れれば、お前ではなく私が選ばれるはずだ」

亜樹は溜息をつくと、隆成から視線を外した。

「無理だよ。《藤の君》は君を選ばない。いい加減、身の振り方を考えた方が良いと思うよ。優秀な君なら、宝条にこだわらなくたって、どこでだって生きてゆけるんだから」

「……っ、お前こそ。お前こそ、何処でだって生きてゆけただろう！　どうして、宝条にこだわった。お前に覚悟はあるのか？　先祖代々受け継いできた、宝条の栄華と藤庭を生きる者たちの平穏。それらを守る覚悟が！」

「ないよ、覚悟なんて。宝条の栄華も、藤庭を生きる人々の平穏も、どうでも良い。俺のことを大事にしてくれなかったものを、どうして、俺が大事にしなければならないの？」

亜樹は興味なさそうに言ってから、隆成に背を向けた。

「亜樹！」

叫んだ隆成の目は、怒りというよりも、悲しみに揺れているようだった。そんな風に感じたのは、未砂の気のせいだろうか。

亜樹は未砂を連れて外に向かった。

そのまま亜樹の車に乗るように促される。

「未砂。ごめんね、怖い目に遭わせて。あんな場所、君に見せたくなかったのに。ぜんぶ俺が悪い」

「謝らないで、亜樹は何も悪くない」

「ううん、俺が悪い」

そんな風に言われたら、未砂は何も言えなくなってしまう。何を言っても、亜樹は受け入れず、すべての責任を自分で背負うだろう。

今の未砂が、どんな言葉を掛けても、亜樹の心には届かない。

（そんなに、わたしは頼りない？）

答えは分かりきっているのに、未砂は自分の心に問うてしまった。

隆成に攫われて、あの場所から自力で逃げ出すことができなかった未砂は、頼りにならない。

亜樹が頼りにしてくれるような存在ではない。

車が、宝条の邸《やしき》についた。

「ごめんね」

別館まで未砂を送ると、亜樹はもう一度、謝った。ごめんね、という謝罪は、未砂にこれ以上踏み込むな、という拒絶だった。

亜樹は未砂を残して、慌ただしく何処かへ行ってしまう。

待って、と言いたくても言えなかった。未砂が引き止めても、亜樹の負担や心労が増えるだけだ。

（このままだとダメだ）

未砂は自分の頬を、強く、両手で叩いた。ひりひりとするような痛みに、少しだけ頭が冴《さ》える。

後ろ向きになっている心のままでも、顔をあげなくては。

頼りにしてもらえないならば、頼りにしてもらえるようになるのだ。そのためにも、亜樹のことを知らなくてはならない。

亜樹が何を思って、どんな風に、宝条という家で育ったのか。

その背景が見えてきたら、どうやれば彼に頼ってもらえるのか分かるはずだ。


外から、かこん、と鹿威《ししおど》しがなった。

綺麗《きれい》に畳の敷かれた和室は、小さな庭に面しているようなので、その庭から聞こえた音だろう。

未砂の前には、部屋の内装にはそぐわないソファに腰掛けた男がいた。

男の手元には杖《つえ》がある。やはり、はじめて会ったときに思ったとおり、足を悪くしているのだろう。

「亜樹から、私に近づくな、と言われていなかったか？」

未砂は別館を出ると、勇気を出して、主屋の使用人に尋ねた。

先代は、どちらにいらっしゃるのか、と。

取り次いでもらえないかもしれないと思ったが、未砂の望みを聞き入れて、彼らは先代のもとへ連れてきてくれた。

「言われていません。そんなこと言う必要はなかったんだと思います。《藤の君》に御挨拶《あいさつ》したとき、あなたは、わたしのことを悪くおっしゃらなかったから」

あの場にいた他の者たちは、亜樹や未砂のことを悪し様に罵《ののし》った。しかし、先代だけは様子が異なった。

「そんなことくらいで人を信じるな。能天気なところは、母親譲りか？」

「顔が似ているとは言われたことがあります。でも、中身が似ているというのは、ほとんど言われないので不思議です。先代様は……」

「お前に先代様と言われる筋合いはない。お前は宝条の者ではないのだから」

「それなら、何とお呼びすれば？」

「栄嗣さんとでも呼べ、母親と同じように」

「栄嗣さん？」

「……いや、やはり先代と。あまりにも似すぎている」

（先代様のお名前が、栄嗣さん。それなら、やっぱり）

「よく、母には会いにいっていたんですか？　あの座敷牢《ざしきろう》がある邸まで」

先代はわずかに眉《まゆ》をつりあげた。ほんの少しの表情の変化であったが、母の話題は、彼にとって無視できないものらしい。

「なるほど。隆成にでも連れていかれたのか？　あの場所に」

「はい。そこで母の日記を読みました。あなたの名前が良く出てきましたよ。仲良しだったんですね」

「仲は良くなかった」

「それは無理があると思います。あの日記に書かれていたことが、母の心のすべてとは思いません。でも、良くしていただいたことは伝わってきました。ありがとうございます」

「何故、お前が礼を言う？」

「先代様が、わたしの大事な人を大切にしてくださったから、です。……必要なことだったとしても、わたしは、やっぱり母が無理やり閉じ込められていたことを、踏みにじられていたことを許せないので」

たった一人でも、母を大事にしてくれていた人がいたならば、と思った。

「お前の母のことは大事にした。だが、お前がいまから話を聞きたいであろう亜樹のことは、大事にしなかったぞ。だから、亜樹のことを聞かれても答えられることはない」

親子の関係は、親子の数だけあると知っている。だが、母が生きていたときまで両親からたくさん愛されてきた未砂には、先代と亜樹の親子関係が理解できなかった。

「亜樹には何の価値もない。そういう風に生まれてしまったことが悪い。だから、ひどい目に遭っても仕方ないのだ、と。そんな風なことを隆成さんは言いました。宝条では、それがまかり通るんですね」

「外の世界は知らないが、宝条というのは《藤の君》を慰めるために存在する。それだけが何よりも優先される。お前たち外の人間が言う、世間一般やらごく普通やらに当て嵌《は》めて語るものではない」

「でも、わたしは嫌だな、と思いました。亜樹がそんな風に言われることも、……亜樹自身も、そんな風に思っていそうなことも悲しい」

「分からないな。どうせ利害の一致か何かで、手を組んだだけだろう？　そんな関係で、亜樹の置かれた状況を知って、どうする？」

「それは」

「中途半端に関わることの方が、かえって残酷なこともあるだろうよ。覚悟がないならば、深入りするな。亜樹の言うとおりにしていれば、お前は晴れて《藤の君》の祟《たた》りから解放されるのだから」

先代は余計なことをするべきではない、と未砂に釘《くぎ》を刺した。

◇◆◇◆◇

宝条邸の別館。

私室として与えられた部屋で、未砂は溜息《ためいき》をつく。

先代のところを訪ねた後、部屋に戻ったものの、何にも手がつかなかった。

(亜樹、いい加減、帰ってきているかな?)

未砂を別館まで送った後、亜樹はすぐに外出してしまった。まともに会話することができず、一方的に謝罪されて終わった。

ふと、スマートフォンが震える。

画面を確認すると、北斗、と弟の名前が表示されていた。

「北斗? どうしたの?」

「どうしたの?は、僕が言いたいんだけど。メッセージ送っていたのに、ぜんぜん既読にならなかったから」

そう言われて、未砂はメッセージアプリを確認する。

たしかに、昼間、北斗からの連絡があった。隆成との一件があり、つい確認することを忘れていた。

「ごめんね」

「謝らなくて良いけど。何かあったんじゃないかって心配しただけ。年末、実家に帰るときなんだけど、やっぱり姉さんも一緒に行こうよ。手伝って」

北斗が口にした内容と同じことが、昼間、メッセージアプリにも届いていた。

年明けには、未砂たちの実家は売りに出される。だから、北斗には、荷物整理のため、都内にある実家に帰ってもらう必要がある。

手伝ってと言われても、未砂の不幸に北斗を巻き込まないために、顔を合わせるわけにはいかない。

だから、以前と同じように、自分は行けない、と答えようとして、未砂は思う。

(年末。……ぜんぶ終わったら、北斗にも会える?)

神を鎮めるための婚礼は、冬至に執り行われる。

亜樹の言葉が真実で、それによって未砂の不幸が消えるとしたら、もう弟から離れる必要はない。

「姉さん?」

「まだ分からないけど。もしかしたら行けるかも」

「本当!? 嬉《うれ》しい。……そ、それでさ。父さんは来るの?」

北斗は口籠《くちご》もりながら、小さな声で言った。

その声には、わずかな期待があった。父親に対して複雑な思いを抱えながらも、情を捨て切れていないのだ。

「北斗は、父さんが来てくれたら嬉しい？」

胸が痛むのは、北斗の望む答えを持っていないからだ。

父からの連絡は、実家を売りに出すという留守電だけだ。あれ以来、新しく連絡が来ることはなかった。

「そう。やっぱり来ないんだ。本当、あの人は何もしないよね。自分勝手で、いつも姉さんにばっかり苦労させて。大嫌い。姉さんが苦労しているの、ぜんぶ父さんのせいじゃん」

自分ではなく、未砂が苦労している、と言うあたり、弟は優しい子に育った。

姉として誇らしく思う。死んだ母の代わりにはなれなかったが、弟の成長を見守ってきたつもりだから。

「母さんが死ぬまで、父さんはとっても家族思いの父親だったの。ふたりとも優しい両親だったよ。たくさん愛してもらった、大事にしてもらったの。わたしも北斗も、ね」

「でも、今は違う。母さんは死んだ。父さんは、僕たちのことをいないものみたいにあつかう。姉さんの言っている優しい両親なんて、何処にもいない」

「いるよ。今が違うからといって、過去に与えてもらったものが消えるわけじゃない。二人がくれた優しさも愛情も、ちゃんとここにあるよ。だから、あなたにも教えてあげたいの、北斗」

母が死んだとき、北斗は三歳の男の子だった。

母との思い出は、ほとんど記憶に残っていないだろう。母が生きていた頃、家族を大事にしてくれた父親の背中も憶《おぼ》えていない。

けれども、未砂は憶えているから、それを北斗に教えてあげたかった。

父も母も、小さな北斗のことを、宝物みたいに大事にしていた。未砂を愛してくれたのと同じくらい、北斗のことも愛していたのだ。

「姉さんの優しいところ、すごく好きなのに。こういうとき、少しだけ嫌いになりそうになる」

「ごめんね」

「謝らないで。姉さん。今まで散々、苦労をかけてきた僕が言うことじゃないけど。他人のことばっかり気にするの、もう、やめて。姉さんには姉さんの人生があること、ちゃんと分かっている？」

北斗の声は上擦っていた。顔は見えないが、きっと泣きそうな顔をしているのだろう。ずっと未砂の境遇に胸を痛めていたことは知っている。

「あなたを大切にしたいと思うのは、わたしの我儘《わがまま》？　迷惑？」

「迷惑なんて思っていない！　でも」

「迷惑じゃないなら、もう少しだけ。せめて、あなたが大人になるまでは、お姉ちゃんの我儘をきいて」

「大人になった後だって、いくらでも我儘を言えば良いのに。家族なんだから、遠慮される方が嫌だ。もっと頼ってほしい。そうじゃないと、寂しいから」

「寂しいの？」

「寂しいよ。姉さんは違うの？」

（寂しい。そっか。わたしは寂しかったのかも）

亜樹に頼りにされないことを、亜樹の力になれないことを、寂しい、と感じていたのかもしれない。

たとえ契約で結ばれた婚姻で、冬至が過ぎれば離婚が待っているとしても――。

いま、未砂たちは夫婦であり、家族なのだ。

未砂の思い描いてきた家族は、そうだったら良いのにと願っていた家族は、一方に寄りかかるばかりの関係性ではない。

（寂しいという気持ちだって、わたしが言わないと亜樹には伝わらない。わたしだって、いま北斗が話してくれるまで、北斗の心を知らなかったんだから）

「ありがとう、北斗。悩みが解決しそう。そうだよね、家族なら、我儘を言って、もっと頼ってほしい。寂しいもの」

「まあ、父さんは、姉さんに頼り過ぎなんだけどね。父さんのことで悩んでいたんでしょう？」

「ううん、別の人」

「別の人って。分かった、僕のこと？」

「北斗でもない人」

そのまま答えてしまって、未砂は、しまった、と口を閉じた。こういった未砂の迂《う》闊《かつ》な発言に対して、基本的に、弟は気づかぬふりをしてくれない。

「姉さん。僕に話していないことあるよね？」

「それ、また今度にしない？」

「ダメだよ。姉さんが進学するとき、僕、ちゃんと譲ったよね？　藤庭なんて良く分からない土地に行くことを認めた。姉さんがそうしたいって言うから、姉さんの気持ちを尊重した。今度は、姉さんが僕に譲る番だよね？」

二人の間に、気まずい沈黙が下りる。未砂は覚悟を決めて口を開いた。

「怒らないでほしいんだけど。お姉ちゃん、実は結婚して」

「……は？」

「怒らないで、って言ったのに！」

「怒るに決まっているだろ⁉　はあ？　え。意味分からないんだけど。どうして、僕に一言もなかったわけ？　姉さんが好きな人と結婚したいって言うのなら、反対なんてしないのに」

「それは良く分かっているけど」

未砂の気持ちを頭ごなしに否定するような子ではない。

「分かっているのに言わなかったの？　姉さん。まさか、相手のこと好きでもないのに結婚したの？」

未砂は言葉に詰まってしまう。

スマートフォンの向こうから、長く、重たい溜息《ためいき》が聞こえた。

「落ちつくから、ちょっと待ってくれる？」

「好きかどうか分からないけど、無理やり結婚させられたわけじゃないから、そこは誤解しないでね」

「無理やり結婚させられたなら、こんな暢気《のんき》に通話していないでしょ。何か理由があって、ということだよね？　年末の荷物整理に行けるかも、と言っていたのも、その関係か。……姉さんが気に病んでいる不幸について、どうにかします、って話？」

「察しが良すぎない？　ちょっと」

「大事なことを黙っているような姉を持つと、こうなるんだよ」

北斗の言うとおりなので、ぐうの音も出なかった。

「耳が痛いな。わたしも知らなかったけど、藤庭はね、母さんの出身地だったの。わたしたちと関係のある土地だった」

「ああ。そういえば伯母《おば》さんも言っていたな、母さんは、とんでもなく運が悪い人だった、って。母さんとも関係あるの？　その結婚相手」

「関係あるといえば、ある、のかな？」

母と亜樹に関わりがあるのかは分からないが、少なくとも母と先代は知り合いだった。そもそも、母が片城という家に生まれた以上、宝条の一族との間には切っても切り離せない縁がある。

「母さんの出身地にいた男が、姉さんの不幸の理由を知っていて、それを解決してくれるって？　代わりに結婚？」

「向こうも目的があってのことで、ちゃんと円満に離婚する予定だから、あんまり心配しないでほしいんだけど」

「心配しないでほしいは無理がある。ひどいこと、されていないんだよね？」

「良くしてもらっているよ。……ちょっと変わっているけど、たぶん悪い人じゃない。北斗にもいつか紹介したいな」

互いにメリットがあるから、手を組んでいるだけなのだ。離婚後は、二度と顔を合わせない可能性もある。

だが、離婚した後も、良好な関係を続けられるのなら、北斗にも亜樹のことを紹介してみたくなった。

「姉さんが、もっと自分を頼ってほしい、と思う人なんでしょう？　なら、悪い人ではないんじゃない？」

北斗がそう言った直後、北斗もう消灯時間、という誰かの声が入ってきた。北斗と同室の子が、気を遣って、声を掛けてくれたのだろう。

「消灯時間かな？　話を聞いてくれて、ありがとう。愛しているよ」

「僕も愛している。その男、年末の荷物整理に連れてきてよ。会いたいから」

弟はそう言った後、向こうから通話を切った。

（亜樹は悪い人じゃない。隆成さんは、顔だけは亜樹と似ていたけど、中身はぜんぜん違う。亜樹だから、わたしは頼りにしてほしいって、力になりたいって思っている）

ベッドにスマートフォンを置いて、未砂は自室を出た。

リビングには明かりがついていた。

アンティークの長椅子に目当ての人はいた。出先から帰ってきていたらしい。難しそうな顔をして、膝《ひざ》のうえにあるタブレット端末を操作している。

「あったかい飲み物でも淹《い》れようか？」

未砂が呼びかけると、亜樹は顔をあげる。

「……いただこうかな。おすすめは？」

「ココア。わたし、ココアを作るのは、すごく自信があるので」

別館に届けられる食材のなかには、いつも特定のメーカーのミルクココアが入っている。

珈琲《コーヒー》や紅茶ではなく、あえてココアのあたりが不思議だったのだが、商品自体は嬉《うれ》しかったので、そのままにしていた。

子どものときに、よく家にあった商品だったのだ。

小鍋《こなべ》をコンロにおいて、少量の水を沸騰させる。

そこにココアを入れて、よく混ぜてから、ゆっくりと牛乳を追加する。弱火でじっくり時間をかけるのがコツだと、亡き母は教えてくれた。

湯気とともに甘い香りがする。

自分と亜樹の分を、それぞれのマグカップに注ぐ。

「どうぞ」

「ありがとう。ココアって、はじめて飲むかも」

マグカップを受け取ってから、亜樹はつぶやいた。

「子どもの頃とか飲まなかった？」

「飲みたいと思ったことはあったけど、俺の望みを聞いてくれる人なんていなかった。隆成と違って、俺は出来損ないだったからね」

亜樹は何てことのないように、自分のことを出来損ないと口にする。まったく悲愴《ひそう》感が込められていないことが、かえって、切なかった。

こんな風に言えるようになるまで、何度も、亜樹は葛藤《かっとう》したのではないか。

「どうして、自分を出来損ない、なんて言うの？　わたしには、そんな風に見えないけれど」

「宝条の一族では、本家の男は、その代に一人しか生まれない。神降ろしの器はひとつだけで良かった。それなのに、隆成だけでなく、俺が生まれた」

「亜樹と隆成さんは、同い年の兄弟でしたね」

「隆成から聞いた？　そう母親が違う兄弟だ」

藤の君のところに挨拶《あいさつ》に行ったとき、亜樹のことを罵《ののし》った女性がいた。あの人が隆成の母なのだろう。

「異母兄弟のわりに、顔は似ていますね」

「どちらも父親似だから。隆成の母親は、先代の正当な奥様だけど。俺の母親については、ほとんど素性が分からない。分かっているのは、先代が《あき》と呼んでいた女性だったことくらい」

あき。

亜樹と同じ響きに、未砂は絶句する。

「俺は要らない子だったから、新しい名前をつける価値もなかったんだろうね。先代が、俺のことを本家に連れてきたとき大揉《も》めだったらしいよ。生まれるはずのない子どもが生まれたことで、《藤の君》を鎮めることができないかもしれない。そんな風に恐れた。誰もが言った、俺など生まれなければ良かった、と」

「亜樹には何の責任もないことでしょう。ただ生まれただけで、どうして、そんな風に言われなくちゃいけないの？」

「未砂は、真っ当な感覚をもっているよね」

「自分が真っ当じゃないみたいな言い方しないで」

「真っ当な男ではないからね。ふつうに育てられなかった。子どものとき、色々とひどいことをされたから」

そのひどいことが何であったのか、亜樹が語ることはないのだろう。口にすることもおぞましいような、そんな出来事の数々があったのだ。

「真っ当じゃないのは、亜樹ではなくて、あなたにひどいことをした人だと思う」

「怒っているの？」

「怒っている。亜樹にじゃなくて、亜樹にひどいことをした人たちに」

「そっか。俺の代わりに怒ってくれるんだ。それは嬉しいかもしれない。……ココア、美味《おい》しいね」

「美味しいでしょう？　母さんが作り方を教えてくれたの。ココアは、片城家では、幸せな出来事があった夜に作ってもらえる飲み物だった。今日と同じ」

「今日、幸せなことなんてあった？」

「亜樹が迎えにきてくれた。すごく嬉しかった。心細くて、不安だったから」

「迎えに行くのなんて当たり前だよ。ごめんね。隆成のことは気をつけていたつもりだったんだけど、君のことを巻き込んだ」

亜樹の声は、未砂に対する罪悪感からか震えていた。

「巻き込んでよ。蚊帳《かや》の外に置かれるのは嫌なの。わたしたち、一時的なことでも、いまは家族でしょう？　だから、もっとわたしのことも頼ってほしい。そうじゃないと寂しいから」

「その言い方はずるいな。寂しいなんて言われたら、寂しくないようにしてあげなくちゃ、と思ってしまう」

「なら、ちゃんと教えて。《藤の君》のこと、宝条や片城のこと、何よりも亜樹のことを。知らないと、あなたの力にもなれない。――わたし、あなたのことを放っておけない。あなたが悲しい顔をしていたら、大丈夫？　と声を掛けてあげたくなるの」

公園で傘を差し出したときも、見て見ぬ振りができなかった。

「どうして、俺なんかを心配してくれるの？」

「どうしてかな？　分からないけど、人は鏡のようなものだから。亜樹がわたしを心配してくれたから、わたしも亜樹を心配しているのかも」

十年前、雨に打たれていた未砂に、大丈夫？　と声を掛けてくれた人がいた気がするのだ。

あの人が、亜樹であったらいいのに。

亜樹であったら、いま、未砂はそのときの恩返しができる。亜樹の悲しみに寄り添って、大丈夫、と声を掛けてあげられる。

四.

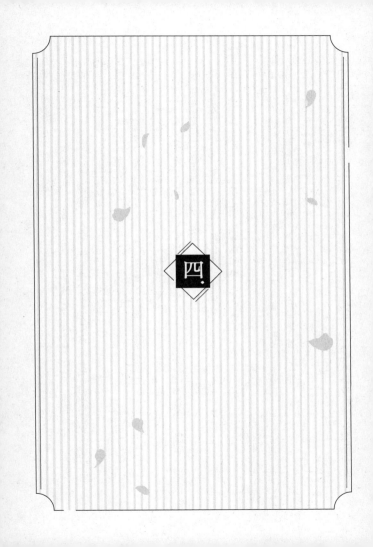

十二月の満月の夜。

亜樹と未砂は、《藤の君》の魂を分けた依代《よりしろ》を回収するため、藤庭神社に来ていた。

「藤庭市には藤庭神社と呼ばれる神社が二か所あるのだけど、どちらも《藤の君》の魂を分割するために建てられたものだ。どうしてか分かる？」

「魂を分けないと、祟《たた》りがひどくなるから？」

「そう。完全に祟りを鎮めることはできなくても、被害を抑えるために、そうしている。——先月に行った神社も、この神社も、やけに新しいとは思わない？」

あらためて、未砂は神社の様子を見た。つくりこそ立派ではあるが、鳥居や建物、石畳、どこを見ても綺麗《きれい》な状態だ。

「ここも先月に行ったところも、新しく感じる」

建てられてから、それほど長い年数は経っていない。

「これは時間稼ぎなんだよ。前回、婚礼の儀は失敗した。失敗というか、未砂のお母様が《藤の君》の手から逃れたから、そもそも執り行うことができなかった。そうなると、なんとか別の方法で《藤の君》の祟りを軽減するしかない」

「そのために《藤の君》の魂を分けたの？」

「一時しのぎだけど、やらないよりはマシだった。でも、それも終わりだ。魂を分けたままだと婚礼の儀はできない。だから、次の冬至までに《藤の君》の魂を回収して、藤のもとに戻してあげる必要がある。──宝条は、どうしても次の婚礼の儀を成功させたいんだ。《藤の君》を鎮めて、その恩恵を得るためにも」

世にいうところの祟り神とは、鎮めることで恩恵を与えてくれる存在だ。恐ろしい禍《わざわい》を引き起こすが、人々を幸福に導く側面も持っている。

「《藤の君》が与えてくれる恩恵って、結局、何なの？」

「婚姻届を出すとき、藤の君には《特別な力》があった、という話をしたのは憶《おぼ》えている？　彼の母親は鬼であったから、人にはない力を持っていた。その特別な力というのは、正しい道が分かる、というもの」

「正しい道？」

「はっきりとした未来が視えるとか、予言ができるとか、そんな使い勝手の良い力ではないよ。でも、無数の選択肢から、正しいものが何であるのか分かる力。……そうだな、引き返すことのできない分かれ道を想像してほしい。片方は崖《がけ》に続いて、片方は財宝が埋められている。知らない道だから、ふつうの人は、どちらを選んだら得をするのか判断できない」

「《藤の君》は違う。その道の先に財宝があることは分からないけど、どちらを選んだら富を得られるのかは分かる？」

未来に何が起きるのかは分からなくとも、どういった選択をすれば、自分の利になるのか分かる。

それだけで、人の世では十分過ぎる力だろう。

「宝条の一族は、大事な選択をするとき、《藤の君》に正解を教えてもらう。そのためにも、婚礼の儀に際して、当主は《藤の君》の魂を自分に降ろす。正解を教えてもらえば、宝条の栄華は消えない。宝条が支配する藤庭も衰えることはない」

「母さんが藤庭から逃げた後、宝条は困っていたのね。教えてもらいたかった正解が分からないまま今日まで来てしまった」

「実際、大事な選択を間違って、大きな損失も出している。……宝条や藤庭の栄華に翳《かげ》りが出ただけじゃない。《藤の君》は、本来だったら自分のところに来るはずだった花嫁が逃げたことで、ずいぶん機嫌を悪くした。川の氾濫《はんらん》、原因不明の高熱が出る病、その他にも色々あったみたいだね」

隆成が語ったとおり、機嫌を悪くした《藤の君》の祟りによって、たくさんの死者が出たのだろう。

だが、たくさんの人の命が喪《うしな》われるからといって、母の尊厳が奪われて良いのだろうか。

隆成に連れていかれた先で、かつて母が囚《とら》われていた座敷牢《ざしきろう》を見た。

道具のようにあつかわれて、決められた役目を果たすことが、母の幸福であったとは思えない。

「それでも、母さんは何も悪くない。わたしはそう思う」

亡くなった人々は、誰かにとっての大事な人たちだった。だが、母とて、未砂や家族にとって大事な人だったのだ。

(誰も犠牲にならなければ良いのに)

誰も悲しい思いをしないで、《藤の君》の祟りを鎮める方法があれば良かった。

拝殿の奥には、螺鈿《らでん》細工の箱に飾られた拵《こしらえ》があった。柄《つか》、鍔《つば》、鞘《さや》がそれぞれ飾られている。

亜樹は拵の近くに膝《ひざ》をつくと、持ってきた鞄《かばん》から、仰々しい札の貼られた木箱を取り出した。

亜樹の背後に立って拵を眺めていたとき、また未砂は知らない景色を目にした。

仲睦《なかむつ》まじく寄り添う男女がいる。

二人の腕のなかには、それぞれ小さな子どもがいた。

五歳くらいだろうか。同じ年頃の男女の子どもだった。おそらく双子。その子どもたちが、誰の子どもなのかは、容姿から明らかだった。

男は、藤の君に。

女は、花嫁にそっくりの容姿をしていた。

「藤の君は、花嫁との間に子どもがいたの？」

「そうだよ。婚礼の前に、二人の間には子どもができていた。男女の双子だった。男の末裔《まつえい》が宝条で、女の末裔が片城だ」

亜樹の説明は、こうだった。

藤の君。時の帝《みかど》に命じられて、藤庭を治めることになった貴き身分の人。

彼は、この地で愛する女と出逢《であ》った。しかし、事情があって、彼女のことを、すぐには妻として迎えることができなかったのだという。

だから、子ども――亜樹や未砂の先祖となる双子を儲《もう》けてしばらく経った後に、ようやく正式に妻として迎えることになったのだ。

それなのに、それほど愛した女に裏切られて、藤の君は非業の死を遂げた。

男は、亜樹たち宝条の祖となった。

女は、未砂たち片城の祖となった。

双子が死んでも、代を重ねながら、宝条も片城も家として続いていった。その間、藤の君は恐ろしい祟りを引き起こしたまま、ずっと大暴れしていた。

鎮まることのない藤の君の祟りに、最後の最後の手段として、婚礼が執り行われることになった。

神を降ろした宝条の男が、片城の女を娶《めと》る。

そうして、ようやく、藤の君は祟りを鎮めた。宝条に、その恩恵として、莫大《ばくだい》な富と権力を授けていった。

「それが婚礼の儀のはじまりだね。以来、藤の君の恩恵を受けられるよう、藤の君の器となれる宝条の男は、片城の女を娶り続けたわけだ。……未砂？　どうしたの？」

「不思議なんだけど。《藤の君》は、正しい道が分かるんでしょう？　どうしたら自分の利益になるのか、どうしたら正しいのか分かったのに。どうして殺されたの？」

その力があれば、自分が殺されない道を選べたのではないか。

寄り添い、仲睦まじく過ごしていた二人の心に嘘はないように思えた。この後、悲劇が待っているとは思えなかった。

その悲劇を、藤の君は防ぐことができたのではないか。

「花嫁に殺された方が《藤の君》にとって利になる、正しい未来だったのかもしれない。彼は、どちらの道を進めば、自分の利となるか分かる。でも、その内容まで分かるわけではなかった」

藤の君が殺されることが、彼にとって正しい未来だったならば――。

藤の君が殺されなかった未来には、もっと恐ろしい出来事が待っていたのだろうか。

「正しい、正しくないは、分からないけど。《藤の君》の心は、彼女と一緒に生きたかったんだと思う。たとえ、どんなに恐ろしいことが待っていても、彼女と結ばれたかった。結婚して、幸せになりたかったんだと思う」

そのとき、未砂の頭に、少女だった頃の自分の声が響いた。

『結婚したら、きっと幸せになれるんだと思います』

冷たい雨に打たれながら、あのときの未砂は心からそう思っていた。だから、誰かにそう伝えた。

自分が幸せになりたいから、口に出したのではない。

あのときの未砂は、その人に幸せになってほしかったから、幸せを教えてあげたかったから、そう言ったのだ。

記憶の奥底で、美しい藤色が揺れている。

「母さんが亡くなったとき、誰かに同じようなことを言ったの。あれは亜樹なの？　思い出せないのに。わたし、……最後に、何かを約束したはずで」

『約束してくれる？』

声がした。少女だった未砂の声ではなく、声変わりを迎える前の少年のものだった。

「思い出せないなら、思い出さなくても良いんだよ。お母様が亡くなったときのことだから、そのときの悲しい気持ちもよみがえってしまう」

「でも、亜樹は思い出してほしいんじゃないの？」

「思い出してくれたら嬉《うれ》しいけど、忘れたままでも良いよ。あのときの約束は、もう叶《かな》えてもらったから」

「え？」

「叶えてもらった。だから、俺は満足しているんだ」

「わたし何もしていない。何もしていないことで、満足なんて言われても困る。他には？　他には、何かないの？　わたしにしてほしいこと」

未砂の声は、焦りから上擦ってしまった。何かしてあげたいのに、何をしてあげたら亜樹が喜ぶのか分からない。

「健康で、元気に笑っていてくれたら、それだけで良いかな。それでも君が納得がいかないなら、十二月十日。予定を空けておいて。未砂の誕生日、お祝いしたいな。ぜったい休みを取るから」

誕生日。

言われてみれば、未砂が十九歳になる誕生日だった。

「それは変じゃない？　あなたがわたしにしてほしいことなのに、わたしがお祝いしてもらうのは」

「ダメ？」

「ダメではないけど。でも」

未砂は声を小さくしながら、うつむく。はっきりとした返事ができない理由は、自分でもよく分かっていた。

「お母様の命日でもあるから、お祝いしたくない？」

未砂は弾《はじ》かれたように顔をあげた。

未砂の誕生日は、母が帰らぬ人となった日でもあった。

だから、母が亡くなった後の片城家では、未砂の誕生日は祝わない。

弟の北斗も、未砂を気遣って、誕生日は何でもないふつうの日としてあつかってくれた。

「お母様を悼むことと、未砂の誕生日を祝うことは、分けても良いんじゃないかな」

「分けられない。……亜樹が、どこまで知っているのか分からないけど。母さん、わたしの誕生日のケーキを買いにいったの」

もし、あの日が未砂の誕生日でなかったら、そのまま帰らなかったのではないか。あんな最期を迎えなかったのではないか。母は外出しなかったのではないか。

そんな風に思ってしまうときがあった。

「分けられないのなら、お母様を悼んだあと、お祝いしよう。俺も一緒に、彼女の冥《めい》福《ふく》を祈るよ。未砂のお母様は、未砂が誕生日に悲しい顔をしていたら喜ぶ？　きっと、喜ばないよ。未砂のことが大好きで、いっぱい愛していた人のはずだから」

「いっぱい愛してくれたって。そう思う？」

「思う。未砂がいちばん良く分かっているはずだよ。お母様が亡くなっても、お母様が大事にしてくれたことも、愛してくれたことも消えるわけじゃない。未砂が抱きしめている限り、ずっと」

「……うん」

涙が零《こぼ》れてしまいそうになって、未砂は小さく鼻をすすった。

「お母様の冥福を祈ったら、誕生日のプレゼントを選びにいこう。欲しいものはある？」

「そういうの、良く分からなくて」

誕生日のプレゼント、未砂の欲しいもの。

そう言われても、浮かぶものは何もなかった。

自分が何を好きで、何が欲しいのか分からないのだ。

「それなら一緒に探そう。未砂の欲しいものを」

「見つからなかったら？」

「見つかるよ、きっと。それでも見つからなかったら、いつか欲しいものができたときのために準備してあげる。未砂が何でも買えるように。――俺は、金のある男だからね」

言葉だけ聞いたら、ひどい内容だった。

それなのに、不思議と胸があたたかくなった。それが亜樹なりの優しさなのだと伝わってきたからかもしれない。

何でも買えるような金は要らないが、そう言ってくれた亜樹の気持ちが嬉しかった。堪《こら》えきれず、未砂の両目から涙が零れていった。

亜樹はそんな未砂に、泣いているよ、とは指摘しなかった。その代わり、未砂が泣き止むまで、何も言わずに傍にいてくれた。

◇◆◇◆◇

大学の構内を冷たい風が吹き抜けた。

視界の隅で、地面に落ちきったイチョウの葉が飛んだ。さすがに十二月に入れば、いくら関東でも木々の葉は落ちきってしまう。

もうすぐ未砂の誕生日だ。

母が亡くなってからは、誕生日が近づくにつれて、胸が塞《ふさ》ぐようだった。何をしていても、悲しい気持ちに引きずられた。

けれども、今年は違った。

亜樹が一緒に母のことを悼んでくれる。

「片城さん！」

構内を歩いていた未砂は、その声に振り返った。

赤髪を風になびかせて駆け寄ってきたのは、同じ学部の学生だ。

いくつかの講義で一緒になったことがあり、亜樹と結婚する前も、同じ《地域史A》の初回講義を受けていた。

祟《たた》りなんて、と嗤《わら》っていた女学生である。

彼女は、息を弾ませながら、やっと見つけた、と零した。

「わたしのことを捜していたんですか？」

「そう！　ぜんぜん見つからないから困ったんだけど。片城さん、すごく地味だから、誰に聞いても知らないって言われるし」

未砂は自分の恰好《かっこう》を見下ろした。

ニットのワンピースに薄手のブルゾンを羽織っただけで、足下もファストファッションのブランドが出しているスニーカーだ。

今日に限らず、だいたい似たような恰好で、特徴らしい特徴はない。

強いて言うなら、身長だけは平均よりも高いが、それだって大きな目印となるかといわれたら疑問が残る。

目の前の彼女のような、髪や服、鞄《かばん》やアクセサリーなども含めて気を遣っている人とは訳が違う。

「すみません」

「本当に捜したんだから。宝条教授が、片城さんのこと呼んでいるよ」

宝条ということは、あの《地域史A》を担当している教授だ。

(なんだろう。レポートのこと、とか?)

期限内に提出したはずだが、もしかしたら原因不明の問題が起きて、ちゃんと届いていないのかもしれない。

地元の学校に通っていたときも、過去、そういう問題が起きたことがあった。

どうしてか、未砂の提出物だけ相手に届かないのだ。

「どこに行けば良いんですか?」

「教授の研究室。片城さん、宝条教授と知り合いなんだね。良いなあ。あたし知らなかったけど、藤庭では偉いお家の人なんでしょ。藤庭の外の出身なのに、どうやって近づいたの? 教授の親戚《しんせき》とかで、誰か若い人を紹介してもらえないかなあ。片城さんからも頼んでよ」

「知り合いというほどじゃないです」

「なんで否定するの？　分かった。汚いことして取り入ったから、そうやって誤魔化すんでしょ」

　さらりと吐き出された毒に、一瞬、未砂は返事に困った。

「汚いこと？」

「片城さん、入学してから、しばらく講義も欠席していたよね。サボっていたのに単位もらっているの、ずるいよ。教授の知り合いだから、特別あつかいしてもらったんだ」

「しばらく講義を欠席していたのは、入院していたからです。工事現場の資材の下敷きになって、全治一か月ですよ」

「は？　下敷きって。そんな嘘みたいなこと」

「嘘だと思うなら、学務課に確認してください。教えてもらえるか分かりませんけど、大学側は事情を知っています。欠席した分は、レポートの提出で融通を利かせてくださったんです。――教授が呼んでいるのですよね？　教えてくださり、ありがとうございました」

　未砂は言い捨てると、彼女に背を向けた。

　未砂だって、資材の下敷きになったなどと言われたら、やはり耳を疑う。嘘をついていると決めつけられても仕方ない。

地元にいたときも、散々、似たようなことがあった。

同級生や教師、弟の所属していた野球チームの保護者、いろんな人から嘘つき呼ばわりされることがあった。

『未砂って、本当、構ってちゃんだよね。周りから心配してほしいから、わざと怪我をしているんでしょ』

『片城。いつも嘘をついて、恥ずかしくないのか?』

『北斗くんが可哀そう。あんな子が、お姉さんで』

(平気。だって、慣れているもの)

慣れているが、面と向かって言われると気持ち良いものではない。

未砂は早足になり、研究室のある棟に入った。廊下にずらりと並んだ扉を、ひとつひとつ確認して、宝条の名前を見つける。

ノックしたものの返事はなかった。

「片城です。失礼します」

未砂は恐る恐るといった様子で、研究室の扉を開けた。

しかし、そこに初老の教授の姿はなかった。

代わりに、スーツ姿の男が立っていた。

未砂は思わず扉を閉めようとしたが、それよりも先に足が挟まれた。

「隆成さん。どうして、こちらに？」

「親戚を訪ねることに理由がいるのか？」

「その親戚の方は、いらっしゃらないみたいですけど」

「この場は遠慮してもらった。お前と話があるからな」

「わたしの方は、あなたと話すことはありません」

未砂は踵《きびす》を返して、研究室を後にしようとする。

「亜樹は、お前に嘘をついている。婚礼の儀を執り行ったところで、宝条や藤庭の繁栄は約束されても、お前の不幸は消えない」

未砂たちは互いにメリットがあるから結婚をした。亜樹は神を鎮めるために、未砂は自分の不幸を終わらせるために。

隆成の言っていることが真実ならば、その前提が覆る。

未砂はゆっくりと振り返る。隆成は腕を組んだまま、苛立《いらだ》たしそうに――何かに焦っているかのように、革靴のつまさきで何度も床を叩《たた》いた。

「婚礼の儀は、神を降ろした宝条の当主が、片城の女を娶《めと》ることで成立する。だが、考えてみろ。《藤の君》の憎しみが、たったそれくらいのことで完全に鎮められると思うか？　亜樹は都合の悪いことを隠している」

「あなたの言葉は信じません」

「亜樹の言葉ならば、信じるのか？」

「亜樹の方が、あなたよりも大切なので」

「大切ならば、なおのこと亜樹を当主にするべきではない。神を降ろすということが、何を意味するのか、お前は分かっていない」

「……？　《藤の君》に、正解を選んでもらうんですよね」

　宝条や藤庭の未来に関係するような、大切な選択をしてもらう。

　婚礼の儀は、《藤の君》の魂を慰めて祟りを鎮める。そのうえで、恩恵を授かるためのものだ。

「神を降ろしたら、その器に宿るのは神の魂だ。もともと宿っていた亜樹の魂は、どこに行くと思う？」

　未砂は息を呑《の》んで、ワンピースの胸元を片手で握りしめた。

　この先を聞きたくなかった。だが、聞かなければ、きっと死ぬまで後悔すると思った。

「行き場を失った魂は、どこにも行けないまま消える」

「……っ、《藤の君》を降ろすのは、一時的なものでしょう？」

「肉体が死を迎えるまでの時間を、一時的なもの、と呼ぶのならば、そうだろうな。亜樹の肉体が死ぬまで、《藤の君》は出ていかない」

「それなら！　あなたが当主となりたい、と言っているのも、おかしいです。だって、そんなの、死ぬのと何が変わらないんですか？」

自分の身体を神に明け渡してしまう。

藤の君の魂を宿した肉体は生きながらえるかもしれないが、追い出された魂が消えるならば、それは死んだも同然だ。

「神と関わるならば、人の心など持つべきではない、と言ったはずだ。私には覚悟がある。自分の心を捨てて、この身を器として《藤の君》に捧《ささ》げる覚悟が。そうすることで、宝条の栄華が約束され、藤庭を生きる人々の平穏も保たれるのならば、私の命など安いものだろう」

「……亜樹は、ぜんぶ知っているのに、当主となったんですか？」

「知っている。だから、あれが何をしたいのか分からない。宝条のことも藤庭のことも、どうでも良いと思っているくせに。どうして、当主になったのか。《藤の君》に選ばれようとしたのか。……あれが自ら動かなければ、きっと。きっと、《藤の君》が、あれを選ぶこともなかったはずだろう？」

隆成は眉間《みけん》にしわを寄せる。彼の身体の横にある手は、ぎゅっと強く握り込まれていた。

この人は、亜樹を嫌っているわけではないのかもしれない。むしろ、逆なのではないか。

彼らは異母兄弟だという。

半分であっても血が繋《つな》がっているから、おそらく隆成には思うところがあるのだろう。

兄としての隆成は、自分が《藤の君》の器になることで、弟が犠牲になることはないのだ、と安堵《あんど》していたのではないか。

亜樹が当主となって、すべての歯車はくるってしまったのだ。

（確かめなくちゃ）

隆成の言っていることが真実ならば、このままでは亜樹の魂が消えてしまう。

◇◆◇◆◇

鹿威《ししおど》しの音が、未砂の鼓膜を揺らした。

大学から帰宅して、そのまま荷物も置かずに訪ねると、先代は溜息《ためいき》をつきながらも未砂を迎えいれてくれた。

「慌ただしく訪ねてきたと思えば、ひどい顔をしている。……奥にコンロがあるから、ココアでも作ってきてやろうか？　お前の母親は好きだったからな」

「先代様が作ってくださるんですか？」

不躾《ぶしつけ》と分かっていながらも、未砂は先代の足下を見てしまった。

杖《つえ》がなければ歩けないくらい足が悪いのだ。ココアを作る短時間でも、立っているのはつらいだろうと思っていた。

「ああ、足か？　杖をついていると都合が良いから、そのままにしているが、まったく歩けないほどではない。車の運転もできるぞ。悪くしているのは本当だから、あまり無理はできないが」

先代は執務用のデスクと思《おぼ》しき机から、スーパーによく売っているミルクココアの素を取り出した。高級感のあるデスクから、庶民的なパッケージが出てくる。

先代はしばらく部屋の奥にいたかと思えば、いくらもしないうちに高級感のあるカップに入ったココアを持ってくる。

「母のと、同じ味がします」

「同じ商品を使っているのだから、同じ味になるに決まっている。……そうやっていると、やはり母親とよく似ているな。安っぽいココアを淹《い》れてやっただけで、大げさなくらい喜んだ女。あんな場所に閉じ込められていたというのに、いつも明るく、腹が立つくらい元気だった」

言葉こそきついものであったが、そこには気の置けない者に対する親しみがあった。

それだけで、先代が母のことを憎からず思っていたことが分かった。

未砂にも分かるくらい、この人は母を大事に思っていたのだ。

未砂の母は、藤庭の土地に囚《とら》われていた。だが、隆成の話では、母は役目を果たすことなく藤庭から逃げた。

(逃げた。あんな場所から、どうやって?)

あの座敷牢《ざしきろう》から、たった一人で逃げ出すことができるのだろうか。

そう思ったとき、未砂はある可能性に気づいた。

「母を藤庭から逃がしたのは、先代様ですか?」

一人で逃げ出すことはできなくとも、宝条の人間に協力者がいたならば、話は変わってくる。

「……あんな薄暗い場所にいるよりも、太陽の下で笑って生きる方が似合うと思った。そんな姿、一度も見たことはなかったというのに」

宝条の当主は、神を降ろして、片城の女と婚礼を挙げる。未砂の母親は、先代と結婚していなければならなかった。

だが、結果的に、彼女は宝条とは無関係であろう父と結ばれた。

そうして、藤庭では手に入れることのできなかった幸福を得たのだ。

「笑っていましたよ。太陽の下で、いつも幸せそうに」

「ふつうの人間のように？」

「はい」

「そうか。あの女は、道具ではなく、人になることができたのだな」

「隆成さんが、神に関わるならば、人の心など持つべきではない、と言っていました。ふつうの人たちみたいに生きてはいけない、という意味ですよね。あれは、母だけでなく、自分たちのことも言っていたんですね」

本当は心があるのに、心を殺して、役目を果たさなければならない。

そうしなければ、《藤の君》の祟《たた》りが、罪なき命を奪ってしまう。

(でも、そんな風に自分を犠牲にしなければならないのは、とても悲しいことだから)

「誰も犠牲にならず、《藤の君》の祟りを鎮める方法があったら、悲しい思いをする人はいなくなるのに。そんな風に思ってしまいます」

「そのような方法はない。神とは理不尽なものだ」

「このままだと、亜樹は《藤の君》に身体を明け渡さなければいけませんか？」

先代はわずかに目を見張ってから、呆《あき》れたように溜息をつく。

「隆成か？　お前に話したのは」

「隆成さんは、自分には覚悟があったのに、と。そんな風におっしゃっていました」

「覚悟があるのは、亜樹も同じだろうよ。むしろ亜樹の方が強かった。そうでなくては選ばれなかったはずだ。神の器としての適性は、その覚悟の強さなのだから。――自分の望みを叶《かな》えるために、《藤の君》の器とならなければならない。そういう覚悟の強さだ」

「亜樹の望みは、隆成さんと違って、宝条や藤庭の繁栄ではないと思います。それなら、亜樹は何を望んでいるんですか？」

当主とならなければ、《藤の君》の器とならなければ叶えることのできない望みとは、いったい何だろうか。

「私の口から言うことではない」

隆成と違って、先代は亜樹の望みを知っているのだろう。知っているからこそ、未砂に伝えないことを選んだ。

「……はい。亜樹と話して、亜樹から答えを聞きます。そうして、亜樹が犠牲にならない道を探します」

◇◆◇◆◇

未砂の誕生日である十二月十日。

「おはよう、未砂」

未砂がリビングに向かうと、すでに亜樹の姿があった。

ふたりで朝食を摂ったあと、亜樹はテーブルのうえに、色とりどりの花でつくられたブーケを飾ってくれた。

供花にしては派手かもしれない。だが、いつも明るく元気だった母にぴったりのブーケだった。

亜樹は花束の近くにある、小さなキャンドルに火をつける。

「良い香り」

「藤をイメージした香りなんだって。藤にするか迷ったんだけど。でも、祟りで亡くなった方だから、冥福《めいふく》を祈るなら藤が良いかと思って」

「藤庭の神様は、どうしたって《藤の君》だものね。良いと思う。きっと、母さんは藤の花は嫌いではなかったと思うから。藤庭にいたときの思い出も、きっと怖いものばかりじゃなかった。母さん、先代様には良くしてもらったみたいだから」

片城家では、幸せな夜にココアを作る。

母は、じっくり弱火で作るの、なんて自分の手柄のように話していたが、そもそも母のレシピではなかったのだろう。

藤庭にいたとき、先代が作ってくれたココアだ。

必ず同じメーカーの商品にこだわっていたのも、先代がそのココアを使っていたからだ。

「君のお母様を藤庭から逃がしたのは先代だからね。俺がいない間に、先代と秘密の話をしたんでしょう？」

「……亜樹に、確かめたいことがあって」

亜樹は動揺したように肩を揺らした。しかし、その動揺も一瞬のうちに消えて、いつもの笑顔に戻ってしまう。

「そう。でも、それは今日が終わってから聞こうかな。きっと、今するべき話ではないよ」

「今日が終わったら、ちゃんと話をしてくれる？」

「もちろん。でも、今日はダメ。お母様の冥福を祈って、君の生まれた日のお祝いをする。とっても大事な日だから」

亜樹は目を伏せて、両手を合わせた。

未砂も同じようにまぶたを下ろして、手を合わせる。

目を閉じたら、浮かぶのは母の笑顔だった。いってきます、と笑った、最後の姿ではない。

母と過ごした何気ない日常にある笑顔だった。

当たり前に続くと思っていたのに、当たり前には続いてくれなかった時間があった。特別な出来事など何もなくとも、愛《いと》しくて、かけがえのない日々があったのだ。

母が亡くなっても、母から貰《もら》ったものは消えないと分かっていた。弟にだって、そう言っていたのに。

いつのまにか、真っ直ぐに見ることができなくなった。そこにあることを知っていたのに、無意識のうちに目を逸《そ》らしていたのかもしれない。

キャンドルの香りが絶えるまで、ふたりは亡くなった人を悼んだ。

「ありがとう。一緒に母さんのことを悼んでくれて」

「俺がしたかったことでもあるから。仕度ができたら、さっそく出かけようか。もう準備はできている？」

「うん。あとは上着を羽織るだけ。スーツじゃない亜樹、ちゃんと見たの、はじめてかも」

そもそも生活のリズムが違うこともあり、顔を合わせるときの亜樹は、たいていスーツ姿だった。

こんな風に、私服姿の亜樹を見るのは新鮮だった。

「恰好《かっこう》良い？」

「亜樹は、何を着ても似合うと思う。わたし、いつもどおりだけど大丈夫？」

飾り気のない無地のワンピース。

いつも大学に着ていくような服装だ。

そもそも、未砂の持っている服は、どれも似たようなものなので、どれを選んでも変わらないのだが。

「いつもどおりでも可愛いけど。上着も、いつもの？　あれだと今日は寒いかもしれない。雪が降っているから」

亜樹はリビングのカーテンを開ける。

たしかに、彼の言うとおり、外では雪が降っていた。

「十年に一度とか、そういう？」

十二月の関東で、こんなに雪が降るものなのだろうか。

「毎年のことだよ。藤庭の冬は、けっこう雪が降るんだ。周りの土地は、ぜんぜん降らないんだけどね」

「それは《藤の君》と関係あるの？」

「あるよ。藤庭で起きる災害は、ぜんぶ《藤の君》の祟りによるものだ」

「天気のことまで、祟りなんだ」

「本来、雪が降るような土地ではないからね。学者さんたちが、どれだけ研究しても、藤庭に雪が降る理由は分からないまま。雪に限った話ではなく、この土地にはそういう事象が山ほどある」

　原因の分からない恐ろしいものは、ぜんぶ《藤の君》の祟りなのだ。

「あれ以外、上着は持っていないから。もう少し中に着込んでこようかな」

「俺のコートを貸してあげようか？　丈が短いやつだから、未砂でも大きくないと思う。それで、コートの問題が解決したところで、いっこお願いがあって。未砂が良いなら、爪、もっと可愛くしたいな」

　亜樹はいそいそと何かをテーブルの上に並べはじめる。

　綺麗《きれい》に並べられていくのは、様々な色をしたネイルポリッシュだった。なかなか並べ終わらないくらい、たくさんの色がある。

「亜樹が塗ってくれるの？」

「君が、良いよ、と言ってくれたらね」

　律儀に、同意なしに触れてはならない、という契約を守ってくれるらしい。

「良いよ、亜樹なら」

「じゃあ、こっちに座って。両手を前に出して」

リビングのテーブルは、二人用なので、それほど幅があるものではない。向かい合うように座って、未砂が両手を出せば、爪を塗るにはちょうどよい距離だった。

亜樹はヤスリを片手に、未砂の爪を整えてゆく。甘皮をふやかして除去すると、丁寧にささくれを取りはじめる。

ただ塗って終わりではなく、爪の処理からはじめてくれるらしい。思っていたよりも本格的だった。

「お嬢さん、好きな色は？」

「特には」

「私服は黒が多いけど、黒が好きなわけではないの？」

「値段で選んでいるから、色のことは気にしたことない。黒って、何処にでも置いてあるから」

「そういうものなんだ？」

亜樹はピンと来ていないようだった。

納得のいく反応ではある。おそらく、亜樹は量販店に並んでいる服を買いに行ったことはないのだろう。

売り場に行ったことがないから、いまいち想像がつかないのだ。

未砂だって、普段、亜樹がどのようなところで、どんな風に服を選んでいるのか想像できないから、お互い様だった。

良い悪いの話ではなく、単純に、二人は別のところで生きてきただけのことだった。

「こだわりがなくて」

服も、それ以外の物も、好き嫌いを理由には選ばない。値段で決めてしまうから、店に行っても、あれにしようかこれにしようか、と迷うことはないのだ。

「本当に？　こだわりがないのではなく、分からなくなっているんじゃないかな。自分の好きなものが」

耳が痛い言葉だった。

好き嫌いを考えることを放棄している、目を逸らしていると言われたら、そうなのかもしれない。

「それなら、分からないままでも良いのかも。好きなものが分かったら、きっと、それが欲しくなっちゃう」

「欲しいものができたら、いけないの？」

「亜樹は、欲しいものを一緒に探そうと言ってくれたよね。でも、欲しがったら、わたしはきっと変わっちゃう」

安くてシンプルな服も、最低限の化粧も、美容院ではなく自分で切っている髪も、いまは気にならない。

同じ年頃の少女たちにも、羨《うらや》ましいなんて感情も芽生えない。

しかし、何かを好きになって、こだわり始めたら、未砂は変わってしまうかもしれない。

亜樹にプレゼントを聞かれたときは、そんな風に思わなかったが。

あとになってから、少しだけ怖くなったのだ。

未砂は、いまの自分を恥じてはいない。家族のために、できることをしてきたのだから、恥じるべきではない。

それなのに、そんな恥ずべきではない自分のことを嫌ってしまうかもしれない。

「変わったりしないよ。何かを好きになって、欲しがったからといって、君の根っこにあるものは変わらない」

未砂の背中を押して、勇気づけてくれるような力強い声だった。

亜樹は、未砂自身よりもずっと深く、未砂のことを信じてくれている、と自惚《うぬぼ》れてしまいそうになった。

「本当？」

「誰かを放っておけない、お人好《ひとよ》し。優しくて芯《しん》が強くて、太陽みたいにまぶしくてきらきらした女の子のまま」

まるで、知らない人の話を聞いているかのようだった。

亜樹の言う優しくて芯の強い子も、太陽みたいな子も、未砂のことではないみたいだった。

亜樹の目には、わたしが未砂がそんな風に映っているのだろうか。

「亜樹は、わたしのことを買いかぶりすぎているよ」

「買いかぶりではなく、正当な評価だよ。君が頑張ってきた姿を、ずっと見守ってきたつもりだから」

「……わたし、頑張っていた？」

母が亡くなってから、いつも気を張って生きてきた。

大人の手を借りなかった、とは言わない。だが、一人で頑張らなくてはならない場面は多かった。

母の死をきっかけに、父は仕事を辞めて、家にも寄りつかなくなった。伯母《おば》とて積極的に力を貸してくれる人ではなかったから、いつも未砂は思っていた。

自分がしっかりして、何とかしなければならない。

そうしなければ、小さな弟にしわ寄せがいってしまう。

弟は、しわ寄せなんて、と否定するだろうが、未砂が嫌だったのだ。母の代わりにも、父の代わりにもなれなくとも、不自由をさせたくなかった。

そんな風に、歯を食いしばって生きてきたことを、亜樹は見ていてくれたのだろうか。

「ずっと頑張っているよ。昔も、いまも」

「これからも、頑張れると思う？」

「もちろん」

亜樹は優しく目を細めた。

美しい藤色の瞳《ひとみ》を見ながら、ああ、と未砂は思った。

「これが、わたしの好きなのか分からないけれど。亜樹の目の色は、すごく綺麗だなって思う」

亜樹の目は、藤の花のような美しい色をしている。

記憶のなかで、同じ色を見たことがある。

はっきりと思い出すことはできない。思い出すことができないから、胸の奥が、きゅうっと締めつけられる。

十年前、未砂たちは、どんな言葉を交わしたのだろうか。

(あのとき、わたしたちは何を約束したの？　亜樹に好きになってもらえるような何かがあったはずなのに)

知りたかった。

亜樹が好きになってくれた、過去の未砂のことを。

「未砂が嫌でなければ、紫にしようか」

亜樹が手に取ったネイルポリッシュは、鮮やかな紫でありながらも、不思議と指先によく馴染《なじ》んだ。

亜樹は迷いのない手つきで、未砂の爪を彩りはじめた。ムラがなく、プロのような仕上がりだ。

「魔法みたい」

「大げさだね。柄も入れようか？」

未砂は首を横に振った。

「この色だけが良いの」

優しい藤色に塗られた爪を見て、未砂は口元を綻《ほころ》ばせた。

◇◆◇◆◇

亜樹が連れてきてくれたのは、駅前にある百貨店だった。

何故か、店員に案内されたのは、ショップの並ぶフロアではなく、奥にある知らない部屋だったが。

「お店をまわるんじゃないの？」

「……？　用意してもらった方が、ゆっくり買い物できるでしょう？　邸《やしき》に持ってきてもらうのも良いけど、せっかくだから、お出かけしたくて。未砂の欲しい物が見つかると良いんだけどな」

ずらり、と並んだ服や鞄《かばん》、靴、アクセサリー、化粧品に、未砂はめまいがするようだった。

亜樹にとっての買い物は、そもそも自分で店頭まで行って、他の客がいるところでするものではない。

買い物ひとつとっても、未砂と亜樹には感覚の差がある、と出かける前から分かっていたというのに、まだ認識が甘かった。

「高価な物はダメ。貰《もら》えない」

誕生日プレゼントといっても、こういった百貨店にあるような品ではなく、もっと価格帯が低いものを想定していた。

「誕生日プレゼントだよ。どんなものであっても、気持ちがこめられていたら嬉《うれ》しいんだって、皆、言うよね。値段は関係ないはず」

値段は関係ないというのは、安くても心がこめられていたら素敵なもの、という話だろう。

おそらく、値段が上であっても関係ない、という意味ではない。

「こんなにいっぱいあっても困る。分からない」

自分で買う物ならば、値段の安いものを選べば良かった。

だが、人から贈ってもらうプレゼントを、値段で選んで良いのか分からない。それは、亜樹の気持ちを踏みにじることになるのではないか。

「分からないなら、ひとつ、ひとつ試してみようよ。もし気に入るものがなかったら、今日、見つからなくたって良いんだよ」

亜樹は微笑んで、ぎこちない未砂を助けるように、いろいろとアドバイスをしてくれた。

それでも、欲しいものは見つからなくて。

何も選べなかった未砂に、亜樹は最後に試着したものを贈ってくれた。服や鞄、靴、アクセサリー、化粧品など、そのまま一式だ。

「可愛いね。よく似合っている」

カシミヤニットの黒いトップスに、ゴールドのネックレス。

透け感のある大きい花柄のフレアスカートは、足下をレザーのブーツで引き締める。

長めの丈の薄灰色のコートと、肩掛けの小さな鞄でバランスをとると、服に着られているのではなく、きちんと似合う服を着ているように見えた。

いつもより念入りに化粧をしてもらったからか、顔立ちも違って見えた。

「宝条様、申し訳ありません」

青ざめた顔をした店員が、亜樹に向かって頭を下げる。亜樹は店員の話に耳を傾けたあと、未砂のもとにやってくる。

「車、トラブルがあって出せないみたい。ランチのお店、すぐ近くだから、歩いても良い？」

「歩くのは良いけど。車、大丈夫なの？」

「大丈夫。トラブルがあったのは、車というか出口のところなんだよね。倒木があったみたい。急いで撤去するみたいだけど、しばらく時間かかりそうだね」

「それは」

未砂は口籠《くちご》もる。

亜樹の言っている倒木は、おそらく雪のせいかと思うが、未砂には嫌な予感があった。

こういう嫌な予感は、昔から当たるのだ。

未砂の身に降りかかる不幸は、いつも同じなのではなく、濃淡のようなものがあった。

数えることもばからしくなってきた日常の些細《ささい》な不幸ばかり続くこともあれば、急に、大きな不幸が続けざまに起きることもある。

(大学に入学したときも、そうだった)

全治一か月と言われて、入学早々、登校できなかったときのことだ。

あの日は、最後、建設現場の資材が倒れてきて下敷きになった。だが、その前から、不幸が重なった日だった。

他にも、人生で何かしら大きな怪我をしたり、事故に巻き込まれたときは、似たようなものだった。

「申し訳ありません!!」

亜樹がランチの予約をしていたという店では、テーブルに着いたものの、すぐに店長から謝罪されることになった。

急に、厨房《ちゅうぼう》の設備が故障したらしい。

店長の顔色は、真っ青を通り越して白くなっていた。店のなかにいる人間も慌ただしく対応に追われている。

「残念。こういうこともあるよね。近くに美味《おい》しいお店あったかな」

亜樹は顎《あご》に指をあてながら、うーん、と悩みはじめた。

それから、亜樹はいくつかの店に電話を掛けたが、ほとんどの店が、どういう訳かトラブルがあって営業できない状態らしい。

そんななか、何とか見つけた店も、店に着いた途端、料理人が倒れて救急車が乗り入れる始末だった。

そうこうしているうちに、時刻は十四時である。

たとえ正常に営業していたとしても、たいていの店では、ランチタイムが終わる時間だった。

「ごめんね。お腹すいたよね？」

「大丈夫。いろいろ気を遣わせてしまって、ごめんなさい。お昼なら《晴れ風》にしない？　ティータイムになっても、軽食があるから。味が美味しいのは、たまに賄いを食べているわたしが保証する」

バイト先の喫茶店《晴れ風》は、一番の売りは珈琲《コーヒー》であるものの、軽食も美味しい。駅前から少し離れるうえ、狭い道が入り組んでいるような立地のため、混雑して入れないという可能性は低い。

「実は、雪のせいで、野菜とかパンが届かなくて。申し訳ありません。賄い用のパスタなら出せますけど、亜樹様にお出しするのは……」

「食べさせてもらえるだけ有り難いよ。大変なときに、ごめんね。奥の席は空いているかな？」

ようやく着いた《晴れ風》でも、トラブルが起きていた。

こういったことに慣れている未砂と違って、亜樹は疲れているだろうに、いつもどおりの雰囲気だった。

「どんなのかな？　賄いってことは、メニューに載っていないわけだよね。かえって得した気分」

運ばれてきたのは、具がウィンナーだけのナポリタンだった。

乾麺《かんめん》と調味料はともかく、具材は日持ちするウィンナーしかなかったのだろう。

店長は可哀そうなくらい青い顔をしていたが、亜樹は気にせず、ナポリタンだ、と嬉しそうに笑った。

「けっこう好きなんだけど、あんまり食べる機会がないんだよね」

それは、きっと、亜樹が仕事でするような会食では、出てこない、という意味なのだろう。

「今度、作ろうか？　店長に、美味しく作るコツを聞いておくから」

「それは楽しみだな」

「亜樹様。これ、大したものではありませんが」

ナポリタンを食べ終えた頃、店長が焼き菓子を盛り合わせた皿を持ってくる。端にはHappy Birthdayとチョコペンで書かれていた。

「ありがとう。気を遣わせちゃったかな」

「お誕生日おめでとうございます。二十一歳ですね。大きくなられて……」

未砂は、かつん、とフォークを皿に当ててしまった。

「……待って。亜樹、誕生日はいつ？」

「今日だね。年齢は違うけど、君と同じ誕生日だから」

「わたし、何も用意していない」

「良いんだよ。プレゼントは、もう貰っているから。君と結婚することができた。それだけで、一生分のプレゼントを貰ったみたいだ」

「でも……」

「食後の珈琲をお持ちしました」

店長と入れ替わるように、今度はバイトの男の子が珈琲を持ってくる。

未砂の知らないバイトだった。

小さい店なので、基本的に、店長とバイト一人しかいない。なので、バイト同士のシフトが被《かぶ》ることはなく、未砂は他のバイトの顔を見たことがなかった。

高校生だろうか。未砂や亜樹よりも少しだけ年下であろう男の子は、慣れた手つきでホットコーヒーを出そうとする。

しかし、どうしてか、盆に載っていたコーヒーカップが動いた。

未砂は、零《こぼ》れる、と思った。否、自分に向かって、熱い珈琲が降りかかろうとしている。

咄嗟《とっさ》に、かたく両目を瞑《つぶ》った。

「す、すみません！」

しかし、いくら待っても、熱い、という感覚はなかった。

代わりに、陶器の割れる音が響く。

恐る恐る目を開けると、床に割れたコーヒーカップがある。視線をあげると、片手をあげたままの亜樹がいた。

亜樹のシャツの袖口《そでぐち》には、珈琲の染みができている。

未砂に掛かると思って、カップを叩《はた》き落としたらしい。

「怪我は⁉」

「何ともないよ。バイトさん、大丈夫だった？」

バイトの男の子は、震えながら何度も頷《うなず》く。慌てて飛び出してきた店長が、謝りながら、あたりの片付けをはじめる。

「日が落ちるの、すごく早くなったね」

二人が《晴れ風》を出る頃には、もうあたりは暗くなっていた。

再び駅前に向かって歩くと、ライトアップされた街並みが見えてくる。

あちらこちらでイルミネーションに力を入れているらしく、暗くなっても人出が途切れない。

むしろ、今からが本番の人たちもいるのだろう。

「車は、大丈夫だった？」

「一本目の倒木を片付けているうちに、今度は電柱が倒れてきたみたい。帰りはタクシーかな。どうしたの？　そんな暗い顔をして」

「ふつう、こんなこと起きないから。倒木で車が出せなくなったのも、行く先々の店ぜんぶでトラブルがあることも」

「《藤の君》の祟《たた》りだって言いたいの？」

未砂は頷く。

「……ごめんなさい。せっかくお祝いしてくれたのに、いろいろ台無しにして。わたしと一緒にいるから、亜樹も巻き込まれた」

未砂と一緒にいる人間は、未砂の不幸に巻き込まれることがある。

地元にいた頃、未砂は悪い意味で有名人だった。

友人をつくっても、彼女たちは未砂の不幸を理由に離れていった。相手から拒絶されることもあれば、相手の周囲によって遠ざけられることもあった。

未砂が孤立する度に、姉さんは何も悪くないのに、と北斗は怒った。

だが、未砂は仕方ないと思っている。

誰だって、理不尽な不幸には遭いたくない。

未砂から離れたら不幸に巻き込まれない。そう知ったら、離れてゆくことは当然だろう。

かつて仲良くしていた友人たちを、責めることはできなかった。

未砂とて、巻き込むくらいなら離れる方を選ぶ。大事な弟からも、そうやって距離を置くことを選んだのだ。

何も応《こた》えない亜樹の顔を、未砂は見ることができなかった。

だから、ライトアップされたビルを見上げながら、そのまま話を続ける。

「嫌になったよね、わたしと一緒にいて」

「好きな子と一緒にいるのに、嫌なことなんて一つもないよ」

それは、未砂が不幸でも、一緒にいてくれるという言葉だった。

ただ一緒にいてくれることが、未砂にとって、どれだけ特別なことなのか、亜樹は分かっているだろうか。

「わたし、あなたに好きになってもらえるような人じゃない」

「俺の気持ちは、俺が決めることだよ」

「十年前のわたしは、亜樹に好きになってもらえるような何かをした。でも、いまのわたしは、何をしたら、あなたに好きになってもらえるか分からないの。思い出せないから」

「思い出せなくても良いって、言ったと思うけど。十年前のことは、君にとっては当たり前のことだった。たぶん、俺が相手でなくても、君は同じことをした。それでも、俺は救われたんだ」

「わたしに？」

「そうだよ。俺が勝手に救われたんだ。だから、勝手に好きになって、恩を返しているだけ」

「それって、いまのわたしには興味がないってこと？」

きちんと憶《おぼ》えていない昔のことを引き合いに出されて、好きと言われても、それは昔の未砂に対する好意なのではないか。

亜樹は目を丸くしてから、ふふ、と声をあげて笑った。

「むかしの自分に嫉妬《しっと》しているの？　それは意味がないと思うな。昔もいまも、変わらず君のことが好きだから。——君だけが、俺のことを人間あつかいしてくれた」

なんて寂しい言葉だろう。

そんな言葉を口にしなければならなかった亜樹の人生を思うと、切なくて、胸が締めつけられる。

「生まれたときから、ずっと、あなたは一人の尊重されるべき人間でしょう？」

「そうなれたら良かった」

「なれているよ。……亜樹に、ひどいことをしてきた人たちがいるんだよね？　あなたのことを傷つけた人たちがいる。でも、それは亜樹が悪いわけじゃない。あなたにひどいことをした人たちが悪いの」

人生は不公平で、不平等なものだ。人として守るべき倫理観など綺麗《きれい》事でしかなくて、当たり前のように理不尽なことがまかり通る。

それでも、傷つけられた人に対して、あなたが悪いなんて、仕方がないことだったなんて、口が裂けても言いたくなかった。

「俺が悪いよ。俺には何の価値もない。唯一の良いところであるお金だって、俺のものというよりは宝条の当主に付随するもの。俺は何も持っていないから、何の価値もないから、傷つけられても相手を責めることはできない」

亜樹は穏やかに微笑んだままだった。自分のことを貶《おとし》める言葉の数々は、彼にとっては事実でしかないのだろう。

未砂から見たら素敵なことの数々も、亜樹自身には見えていない。

「何も持っていない人は、誰かに優しくしたりできないよ。いつも見守ってくれるところ、わたしの気持ちを一番に考えてくれるところ、……わたしが大事にできなかったわたしのことを、大事にしてくれたところ。ぜんぶ、あなたが優しさを持っている証《あかし》だよ。それが、どれだけ素敵なことか、あなたは気づいていないかもしれないけど。わたしは知っているよ」

「ありがとう。やっぱり君は変わらないね。昔もいまも。――ずっと願っていたんだ。いつか君に、手のひらから溢《あふ》れるくらいの、たくさんの幸福をあげたい、と」

まるで独り言のようだった。

亜樹は未砂に聞かせているのではない。

これは、おそらく亜樹の祈りなのだ。祈りだから、未砂に届かなくても良いと思っている。

未砂は気づいてしまった。

自分たちは対等であると思っていたが、やはりそうではなかったのだろう。亜樹の方が、ずっとたくさんのものを未砂に与えようとしている。

未砂は、この人に何が返せるだろうか。

まるで無償の愛のように、未砂の幸福を祈ってくれる、この人に。

「わたしだって。あなたにたくさんの幸福がありますように、と思うのに」

「俺の幸福なんて願わなくても良いよ。もう幸せだから」

「じゃあ、もっと幸せになりますように、と願うから」

「もっと幸せ、と言われても。これ以上なく幸せだからね。これからも死ぬまでずっと幸福だよ」

「婚礼の儀を終えたら、《藤の君》の器になるのに？　それが幸せなの？」

二人の間を冷たい夜風が吹き抜けた。

亜樹の鮮やかな藤色の目は、優しく未砂を映している。だが、その優しいまなざしは、これから失われてしまう。

たとえ同じ肉体であっても、そこに宿るものが亜樹の魂でないならば、未砂を大事にしてくれた人ではない。

「未砂。まだ今日は終わっていないよ」

「神様の器になったら、亜樹の魂はどこに行くの？　隆成さんの言うとおり消えちゃうの？　そんなの嫌だ」

「気にしているのは、そっちなんだ？　隆成や先代のことだから、器の話じゃなくて、君の不幸のことを言っているんだと思ったんだけど。……言われなかった？　婚礼の儀を終えても、君の不幸は消えない、と」

「隆成さんには、亜樹は嘘をついている、と言われたけど。亜樹が嘘をついているとは思っていないから」

「隆成が言っていたことは本当だよ。婚礼の儀を執り行っても、《藤の君》の憎悪が消えない限り、今までどおり片城の女の不幸は続く。──だけど、君に嘘はついていない。今までどおりではダメなら、新しいことをすれば良いんだよ」

「誰も犠牲にならない、悲しい思いをしない方法で、《藤の君》を鎮めることができるの？　亜樹はそれを知っているの？」

亜樹は微笑んだ。

「信じてよ、俺のことを。必ず君の不幸を消してあげる」

◇◆◇◆◇

宝条の邸《やしき》は、夜になると死んだように静まり返る。

（本当に、しんきくさい。昔から）

亜樹は主屋の廊下を歩きながら、内心で舌を出した。

使用人も含めて、かなりの人数がいる邸だというのに、いつも陰鬱《いんうつ》な空気が漂っているのだ。

別館に未砂を招いたから、余計そう感じるのかもしれない。

（未砂は、そんなことはないって言うけど。太陽みたいに、きらきらしている女の子

だから）

生命力の強い子なのだ。

たくさんの不幸に襲われた十年だったろう。

その不幸のせいか、再会してからの未砂は昔よりも後ろ向きな面も感じられたが、根っこのところは変わっていない。

どれだけ悲しいことがあっても、前を向く強さを持っている。

そして、強いから、自分のつらさよりも他人を優先してしまう子だった。

「こんな夜更けに、何の用だ？」

亜樹が訪ねると、先代は嫌そうに眉《まゆ》をひそめた。

「ご体調を伺いに参りました。冬の入りになって寒さも厳しくなってきましたから、古傷が痛むでしょう？」

先代は溜息《ためいき》をついた。

「上辺だけの心配など、聞く価値もないな。用件は？」

「未砂のことで、礼を言わなければ、と思っていました」

「婚姻届のことか？」

「それもありますけど。一番は、十年間、未砂を隠してくださったことです。ありがとうございました。あなたが隠してくださらなければ、とっくの昔に、未砂は藤庭に連れてこられていたでしょう」

「それが、あの女との約束だったからな」

「未砂のお母様のことを、心から愛していらっしゃったのですね。それなのに、あなたは藤庭から逃がしてしまった。大騒ぎだったと聞いています」

「私は、あの女以外、どうなっても構わなかったからな」

「祟《たた》りによって藤庭を生きる人々の命が奪われても、宝条の繁栄に翳《かげ》りが生じても構わなかった、と」

神を降ろす宝条の男と、片城の女。

神を鎮めるための婚礼は、どちらが欠けても執り行うことはできない。

そのうえ、婚礼を執り行うことができるのは、花嫁が数え年で二十歳――いまでいうところの十九のときと決まっている。

そんななか、未砂の母親は藤庭から逃げた。

本来、執り行われるはずだった日に、婚礼を執り行うことはできなかった。

「川の氾濫《はんらん》に土砂崩れ、雪害、原因不明の高熱が出る病。あの年の藤庭では、ゆうに千人は超える死者が出た」

どれほど学問が発達し、科学が発展しようとも、原因を解明することができない。

神の祟りには、人の理屈も自然の摂理も通用しない。

「あなたの足も、そのときに？」

亜樹が物心ついたときには、すでに先代は足を悪くしていた。

「足一本で済んだのだから、私は恵まれていると思わないか？　結局、あの女は、綺《き》麗《れい》に死ぬこともできなかったのだから」

亜樹は目を伏せる。

未砂の母親は、雑居ビルのガス爆発と、それによる火災で死んだ。

世間では、不幸な事故とされた。どれだけ調べても原因は分からなかったという。

分かるはずもないのだ。

「綺麗に死なせてやれなかったことを、悔いていらっしゃるのですね。だから、誰にも言わず、彼女を弔いに向かった。あの日、俺を連れていってくださったのは、気まぐれですか？　それとも意味があったのですか？」

「なに、口封じのつもりだった。お前だけが、私が藤庭の外に出かけようとしていることに気づいたからな」

「未砂のためですよね。俺が、あの子のために動けるように、引き合わせておきたかったんでしょう？」

当時の亜樹は、当主になる予定はなかった。

だから、宝条の一族の思惑とは別のところで、未砂の助けとなれる。そんな風に、先代は考えていたのだろう。

「結局、お前は当主となった。あの娘のことも藤庭に連れてきてしまった」

「俺にも考えがあるのですよ。――でも、安心しました。心配していたことが、すっきりしたので。俺の身に何が起きても、あなたは未砂の味方になってくださる」

先代は、亜樹の思惑を理解したのか。

あるいは、理解しないにしても、何か察するものがあったのだろう。

「好きな女のことは、他人に託すな。後悔する」

「他の男に託して後悔した、あなたのように？　でも、俺は、あなたとは違うので。あなたと違って、好きな女と結婚しました」

「……減らず口を」

「減らず口が言えるくらい、強くなったんですよ。未砂のおかげですね。後のことは、すべてお任せしてもよろしいですか？」

先代は何も言わなかったが、それが答えだった。

（ぜんぶ終わる。あとは婚礼の儀に臨むだけ）

ようやく、あの子の不幸を消してあげられる。

五

婚礼の夜を祝すように、暗がりのなか、藤の花房が揺れている。

樹齢千年は超えるという山藤からつくられた藤棚は、端が見えないほど広く、どこまでも続くように感じられる。

先日、十九歳になったばかりの末砂は、あちらこちらに咲く藤を見あげる。

(こんな季節に咲く花ではないのに)

山藤は春に咲く花だから、冬至に花をつけることは異様だった。

「この藤は、枯れることなく咲き続けているんだよ。ずっと」

「知っている。神様の憎しみが消えないから、花が散らないんでしょう?」

「そう。俺たちの先祖の憎悪が終わらない限り、永遠に咲き続けるんだよ」

藤の下には、はるか昔、非業の死を遂げた男が眠っている。

愛する女の裏切りによって命を落とした結果、祟《たた》りを引き起こす怨霊《おんりょう》となった。たくさんの罪なき命を奪ってきた。

怨霊を前にして、人が為《な》すべきことは一つ。

月影の国には、古《いにしえ》より、怨霊を鎮めることで神としてきた歴史があるのだ。祀《まつ》りあげることで、祟りを引き起こす怨霊から、恩恵を授けてくれる神とする。

世に言うところの《祟り神》だった。

「宝条の一族は《祟り神》のおかげで繁栄してきた。すごいよね。数えきれないくらいの罪なき命を奪った怨霊。そんな人殺しの罪を償うどころか、自分たちの欲のために利用してきたんだ」

「利用してきたのではなく、これからも利用する。だから、あなたは花嫁として迎えた。わたしのことを」

未砂たちの婚姻は、神を鎮めるための手段に過ぎない。

好き合って結ばれたのではなく、必要だから夫婦となったのに、胸がつかえるのだ。一緒に過ごした時間は短いというのに、未砂は自分が思っているよりもずっと強く、亜樹に心を砕いていた。

「違うよ。本当は、神様のことなんて、どうでもいいんだ。――好きだよ。君のことが好きだから、君を花嫁として迎えたかっただけ。ねえ、未砂。愛しているよ。どんな犠牲を払っても、君だけは幸福にしてあげる」

それは蜜《みつ》をとかしたような甘い声だった。

腰に佩《は》いた《藤の君》の魂の依代《よりしろ》――花嫁が藤の君を殺した刀を撫《な》でながら、亜樹は未砂を見つめていた。

好きで、愛していて、それでも花嫁に裏切られた男が、かつて存在した。

依代の刀に、《藤の君》の魂のかけらが宿っているならば、亜樹の言葉を、どのような気持ちで聞いているのだろうか。

そのとき、冷たい雫《しずく》が頬を打った。見上げた灰色の冬空から、大粒の雨が降りはじめる。

「十年前、あの日も雨が降っていたね。雨のなか立ち尽くした女の子に、俺は堪《たま》らず、傘を差し出した。……その子は、俺の顔を見て、こう言ったんだよ。大丈夫？　と。大丈夫と言ってほしかったのは、母親を亡くしたばかりの彼女だったはずなのに」

「それって」

「誰かに心配してもらったのは、はじめてだったな」

記憶の奥底で、美しい藤色が揺れている。あの日の彼も、優しいまなざしで、未砂のことを心配してくれた。

「結婚しましょう」

自然と、未砂の口から言葉が零《こぼ》れた。忘れてしまっていた約束が、指先だけかすめていた思い出が浮き上がってくる。

「結婚したら、お兄さんの傍にいて、ずっと大丈夫？　と言ってあげるから」

雨のなか一人きりだった未砂に、最初に声を掛けてきたのは亜樹だった。

未砂の頭上に傘を差して、大丈夫？　と心配して、寄り添おうとしてくれた男の子がいたのだ。

一人きりで雨に打たれていた未砂は、あの日、心配してくれた男の子に救われた。

だから、その子が未砂と同じように悲しそうな顔をしていることが、どうしても許せなかった。放っておくことができなかった。

あの男の子が未砂と同じ一人きりなら、一緒にいようと思ったのだ。

ずっと一緒にいて、大丈夫？　と彼のことを心配してあげたかった。独りにならないようにしてあげたかった。

人は鏡のようなものだから、彼が未砂にそうしてくれたように、未砂もお返しがしたかった。

（十年前のわたしは、亜樹と結婚の約束をしたんだった）

「言ったでしょう？　あの日の約束は、もう叶《かな》えてもらったんだよ」

仮初の婚姻であっても、一時のことであっても、たしかに二人は結婚して傍にいた。

互いの悲しみに寄り添い合った相手に、まるで過去をなぞるように、再会してからも寄り添おうとした。

雨降るなか、ふたりは藤棚の下を進んでゆく。

だが、前に進んでいたはずの未砂は、どうしてか転んでしまった。

立ちあがって、また歩を進めようとするが、見えない壁に弾《はじ》かれて、それ以上は前に行くことができなかった。

そんな未砂とは違って、亜樹は何の問題もなく、未砂の進めなかった場所に踏み出していた。

「ごめんね。ここから先は、俺だけしか進めないんだ。今までどおりの婚礼の儀なら、花嫁は、ここで待っている。宝条の当主という器に入った《藤の君》が、花嫁を迎えにくるまで」

「……っ、亜樹は。亜樹は違うんだよね？」

今までと同じ方法ではなく、誰も犠牲にならない、悲しむことのない。そんな方法をもって、《藤の君》を鎮めるのではないか。

「もちろん、違うよ」

未砂がほっと息をついた後のことだった。

「俺は《藤の君》を道連れにして死ぬ。だから、《藤の君》が君を迎えにくることはない」

「え？」

「君の不幸を消してあげる。この先、君の人生が幸福でいっぱいになるように。そのためには、神様なんて要らない。祟り神を殺すことはできない。すでに死んでいるものは殺せない。でも、殺すことのできない神が、生きている人間の身に降りたら？」

宝条の当主たる資格は、その身に神を降ろすこと。

亜樹は神を降ろして、死んだはずの神に、亜樹という器を与えることができる。

「待って。やめて」

最悪の想像に気づいて、未砂は手を伸ばした。しかし、見えない壁に阻まれるように、弾かれてしまう。

「簡単な話だ。君を祟る神を殺せば、君は救われる。──安心して。俺は、神様なんかに君を渡さない」

亜樹は笑って、未砂を置き去りにしたまま、藤棚の奥へと進んでいった。

神を降ろした状態で、自死をはかる。

そうすることで、あの人は神を殺すつもりなのだ。

◇◆◇◆◇

果てなど知らぬように、どこまでも藤の花が咲いている。

亜樹は知っていた。永遠に枯れることのない花は、永遠に尽きぬ憎悪の証《あかし》であることを。

藤棚の奥へ、奥へ向かうと、ゆうに樹齢千年は超える藤の木があった。

至るところに注連縄《しめなわ》が巻かれて、札の貼られた巨大な藤は、美しいのと同じくらい禍々《まがまが》しかった。

「藤の君」

この藤の根元には、亜樹たちの先祖が眠っている。

時の帝《みかど》に命じられて、藤庭を治めることになった貴き身分の人。

彼は、この地で愛する女と出逢《であ》った。しかし、事情があって、彼女のことを、すぐには妻として迎えることができなかったのだという。

だから、子ども——亜樹や未砂の先祖を儲《もう》けてしばらく経った後に、ようやく正式に妻として迎えることになったのだ。

そんな愛する女に裏切られて、非業の死を遂げた。

(子まで生《な》した男を、裏切り、殺す。どんな理由があったのか知らないけど、花嫁は今日まで憎まれ、恨まれるような真似をした)

藤の君と女は、婚礼を挙げる前に男女の双子を生した。

男は、亜樹たち宝条の祖となった。

女は、未砂たち片城の祖となった。

(まるで、もう一度ひとつになるために、分かたれて生まれたように)

それを示すように、大暴れした藤の君の祟《たた》りは、神を降ろした宝条の男が片城の女を娶《めと》ったことで鎮められた。

そうして、藤の君は、宝条家に莫大《ばくだい》な富と権力をもたらした。

以来、藤の君の恩恵を受けられるよう、藤の君の器となれる宝条の男は、片城の女を娶り続けた。

(でも、それは片城の女を犠牲にしてきた歴史だった)

宝条は繁栄したが、何度、婚礼を執り行っても、片城の女に降りかかる祟りは、不幸は消えることがなかった。

それもそのはずだ。

婚礼の儀を執り行っても、ほんの一時——器が死ぬ直前まで、藤の君の心が慰められるだけだ。器に降りた神の魂は、死の間際になって、また藤のもとに戻される。

永遠にその繰り返し、一時しのぎを重ねるだけ。

そんな風に一時だけ《藤の君》を鎮めたところで、彼の憎悪が消えるわけではない。片城の女に起こる不幸は続いてゆく。

それでは、亜樹の望みは叶わない。

亜樹は、あの女の子に、手のひらから溢《あふ》れるほどの幸福をあげたいのだ。そのためには《藤の君》など要らない。

亜樹は膝《ひざ》をついて、藤の君の分霊を宿した依代《よりしろ》——刀の柄《つか》を握った。

鞘《さや》から抜くと、反りのない、真っ直ぐな刀身があらわれる。

あたりに淡い光が浮かびあがる。雨のなかでも輝くその光は、墓地に浮かぶ人魂のようであった。

正しく魂ではあるのだから、それほど間違った表現ではないだろう。

藤の下へと、淡く輝く魂が吸い込まれていった。

そうして、脈打ったように地面が揺れる。藤棚のうえで咲いていた花房が、ぽた、ぽた、と次々と落ちてくる。

おびただしい数の花房が落ちているというのに、見上げた藤棚はいまだに美しい紫のままだ。

藤の花は、咲いては落ちることを繰り返しながら、すべてを甘い香りのなかに沈めてしまう。

ふと、亜樹の身に落ちた花が、亜樹の身体にとけていった。

藤の君の魂が、亜樹という器を侵してゆく。

（チャンスは一度。見誤るなよ）

早すぎても、殺しきることはできない。

かといって、完全に《藤の君》の魂が亜樹の肉体を侵してからでは、主導権を取られてしまう。

亜樹の意識が消える、その瞬間だ。

この肉体ごと《藤の君》を連れてゆく。

少しずつ《藤の君》の魂が、亜樹のなかに入り込む。

千年もの間、ずっと花嫁を憎み続けていた魂は、真っ暗闇に沈むような絶望とともに在った。

だが、亜樹の意識が、それに引きずられることはなかった。

絶望は、亜樹にとっても馴染《なじ》みのあるものだ。

亜樹の手には、生まれた瞬間から何もなかった。

名前すら顔も生死も知らぬ母親のもので、亜樹自身のものではなかった。

要らないものとして生まれてきた。誰もが亜樹のことを顧みず、ひとりの人間として尊重することもなかった。

まして、子どもだった亜樹がいたのは、隆成の母のもとだ。

自分の子ではない、夫がどこかで作ってきたであろう子ども。

彼女にしてみたら、自分が生んだ息子――隆成の立場を危うくするかもしれない厄介者だった。

そんな子どもに、優しく接するはずがない。

大事に、大事に育てられている隆成の隣で、いつも亜樹は飢えていた。

ふっくらとした隆成の頬を眺めながら、お腹が空《す》いた、と思っていた。

でも、残飯を漁《あさ》ったり、使用人たちにこっそり媚びを売って食料を貰《もら》うと、激しくどうしても空腹が耐えられなくて、庭にいた蟻を口に入れたときの惨めさを、大人になってからも、時折、夢に見た。

当然、隆成のような教育だって受けられない。

何も教えられていないから、何もできなくて当然だった。

それなのに、どうして、お前は何もできないの？　隆成ならば、こんな簡単なこと、すぐにできるのに、と責められる。

気まぐれに暴力を振るわれては、出来損ない、と呪詛《じゅそ》のような言葉をぶつけられる。

よく出来た隆成とは違う、だから出来損ない。

いま振り返ると、亜樹のことを出来損ないと呼ぶことでしか、隆成の母は安心できなかったのだろう。

亜樹の存在が、次の当主という隆成の場所を奪うかもしれない。

そうなったら、先代の妻という自分の立場も悪くなることを、彼女はよく分かっていたのだ。

何年も、何年も、そんな日々が続いた。

先代は、自分の妻にも息子たちにも興味がない人だったから、使用人たちが口を噤《つぐ》んでしまったせいで、亜樹の窮状は放置され続けた。

折檻《せっかん》された。

見るに見かねた使用人の一人が、ようやく先代に告げ口をして。

亜樹の地獄は、そこで終わったはずだったのに。

身体は地獄から連れ出されても、心は地獄に置き去りのままだった。

そのときには、もう亜樹の自尊心は潰《つぶ》れてしまっていた。

自分は何の価値もないから、人としてあつかわれることはない。骨の髄まで、そのことを思い知っていた。

だが、そんなつらく苦しい生は、一人の少女をきっかけに変わった。

真っ黒な喪服のワンピースを着た彼女は、大丈夫？　と亜樹に言った。母を亡くしたばかりだというのに、亜樹のような他人を心配した。

(はじめて、人としてあつかってもらった)

誰がそこにいても、彼女は同じことをしただろう。

それでも、それが嬉《うれ》しかった。

――太陽のような女の子だった。

悲しみに襲われながらも、前を向いていた。

自分は両親に愛されていた、大事にされていたことを知っている。だから、そのことを抱きしめながら、これからも精一杯、生きてゆくのだ、と胸を張っていた。

強くて、まぶしくて、きらきらとしていた。

亜樹の目には、そんな風に彼女が映ったのだ。

再会してからも変わらなかった。亜樹の好きになった女の子は、十年前と同じように、大丈夫？　と亜樹に問うた。

だから、あの夜、亜樹は欲を出してしまった。

本当は、未砂に何も告げずに、すべてを終わらせるつもりだった。

たとえ未砂に嫌われたとしても、無理やり閉じ込めて、従わせて、婚礼の儀を迎える。そうして、彼女を不幸から解き放つべきだった。

それなのに、亜樹は自分のことを未砂に見てほしい、と思ってしまった。

好きな子に、好き、と言いたかった。たった三か月に満たない期間でも、ままごとみたいな関係でも、夫婦になりたかった。

――あの子は、結婚してくれる、と約束してくれた。

その約束を叶《かな》えてほしかったのだ。

真っ暗闇に生まれた亜樹のような存在が、手を伸ばすことは許されない、手に入れることを望んではいけない女の子だと分かっている。

（それでも。どうか、と願うのは我儘《わがまま》なのかな。俺のことを忘れないでくれ、と願ってしまう俺は、愚かなのかな。君のために死ぬことができたら、いつまでも君は憶《おぼ》えていてくれるだろう？）

彼女の一番奥深く、魂にまで届くような傷になりたかった。

優しい彼女は、生涯、自分のために死んでいった男を憶えていてくれる。

(俺だけの居場所が、君のなかにあったら良いのに)

亜樹は刀の柄を強く握った。

そうして、勢いよく、自分の胸を突いた。

◇◆◇◆◇

未砂は片手をあげて、何度も振り下ろした。

しかし、何度振り下ろしても、見えない壁のようなものがあり、腕は弾《はじ》かれてしまう。全身で体当たりしても、弾かれてしまうだけだった。

(はやく！　はやくしないと、亜樹が)

藤棚の奥へと進んでいった亜樹の背中は、遠ざかり、見えなくなってしまった。

――覚悟を決めた亜樹は、本当に、藤の君を道連れにするつもりなのだ。

降りはじめていた雨が、激しさを増してゆく。冷たい雨に打たれながら、十年前の記憶が、頭のなかで何度も繰り返される。

記憶にある藤色のまなざしは、とても美しくて、大事な思い出だ。

けれども、過去のまなざしだけではなく、いまの亜樹のまなざしだって美しいことを未砂は知っている。

未砂は打掛を脱ぎ捨てると、邸《やしき》の主屋まで引き返す。走りながら、頭に着けた飾りや、走るのに邪魔なものを放り投げた。

「花嫁様⁉」

掛下姿になった未砂は、裾《すそ》を雨で汚したまま主屋に乗り込んだ。いつも落ちついて、淡々としている使用人たちが、未砂の姿を見て悲鳴をあげていたが、少しも気にならなかった。

「先代様」

向かうところは、主屋にある先代の居室と決まっていた。

そこには、椅子に腰掛けた先代と、従うように傍にいる隆成の姿があった。隆成は未砂の姿を見るなり、動揺をあらわに大股《おおまた》で歩いてくる。

「何があった？　儀礼の途中だろう。どうして、こんなところに戻ってきている」

「亜樹が。亜樹が死んじゃう」

涙を堪《こら》えながら、未砂が声を張りあげると、隆成は眉間《みけん》のしわを濃くした。

「婚礼の儀が執り行われたら、《藤の君》に追い出された亜樹の魂は消える。そう言っただろうが。……私は、それを見守るつもりだ。当主の座は取り返せなかったが、あんなのでも弟だからな」

「そういうことじゃなくて！　自死するつもりなんです、藤の君を道連れにして」

「……何を言って」

隆成の言葉を遮るように、こつん、と音がした。先代が杖《つえ》で椅子の肘掛《ひじか》けを叩《たた》いた音だった。

「死なせてやれ。それが望みだろう」

「先代様！　でも」

「片城の娘。お前にも不都合はない。亜樹が死んだら、お前のところには相続分の遺産が渡ることになっている」

「いま、お金の話なんてしていません！」

「金のために、わざわざ籍を入れたんだろう？　ああ、宝条の邪魔が入るかもしれない、と恐れているのか？　心配するな。自分に何かあったら、お前を頼む、と亜樹から言われている。お前が損をしないよう取り計らおう」

未砂は目の前が真っ暗になるのを感じた。

「亜樹が死ぬ気だって、ご存じだったんですか？　息子が、自分から命を絶とうとしているのに、どうして止めなかったんですか。亜樹のことなんて、どうでも良いから？　息子として愛していないから？」

「好きな女のために死ねるならば、あれも本望だろうよ。私にはできなかったことだからな」

「わたしは、そんなの嫌です」

「何故？　このまま神を道連れにして、亜樹が死ねば、もう不幸に巻き込まれることはなくなる。ふつうの人生が手に入る。あとは、亜樹の遺産を使って、好きなように生きれば良い」

「たしかに、ふつうの人生が欲しかったです。どうして、わたしだけ、こんな目に遭わなくちゃいけないんだろうって、思ったこともあります。でも、亜樹の命と引き換えに手に入るなら、そんな《ふつう》は要りません」

「好いているのか？　亜樹を」

「好きかどうかなんて分かりません。でも、いまのわたしは、あの人の妻で、あの人の家族だから。もう二度と家族を喪《うしな》いたくない」

十年前の誕生日、いってきます、と出かけたまま、母は帰らぬ人となった。

あんな想い、もう二度としたくない。

「ううん、それだけじゃなくて。……っ、悲しい顔を、してほしくないんです。笑って生きて、幸せになってほしい。亜樹が大切にしてくれた分だけ、亜樹のことを大切にしたい」

だから、こんな別れは認められなかった。

先代は呆《あき》れたように溜息《ためいき》をつくと、隆成に視線を遣《や》った。

「隆成、ついていってやれ。私はこの足だからな」

「ち、父上？　ですが」

「亜樹のところまで連れていってやれ。《藤の君》も、今は細かいことを気にしている場合ではないだろうからな。お前と一緒ならば誤魔化されてくれるかもしれない。亜樹にこだわっているのは、お前も同じだろう？」

「……っ、分かりました。行くぞ、女」

隆成は小さく息を呑んでから、未砂を睨《にら》みつけた。未砂のことは嫌っていても、やはり、この人は亜樹のことを気にかけているのだ。

「ありがとうございます、先代様」

「礼は、すべて終わってからにしろ。もう死んでいるかもしれない」

縁起でもないことを言いながら、先代は未砂たちのことを追い払うように手を振った。

「隆成さんも、ありがとうございます」

「お前に礼を言われる筋合いはない。くそ、これだから、亜樹が当主になるのは反対だったんだ！　ろくなことをしない」

未砂が駆け出すと、隆成も一緒になって走り出した。

◇◆◇◆◇

隆成が一緒だったからか。

先代のいうとおり、見えない壁のようなものを抜けることができた。

「抜けられた。……っ、ここまでで結構です！」

「は？　おい、待て！」

未砂は藤棚の奥へ、奥へ、息を切らしながら走り出した。

果てなどないように感じるほど大きな藤棚は、どれだけ走っても、亜樹のところに近づいている気がしなくて、絶望に呑《の》まれそうになる。

やがて、藤の幹が見えてくる。

その幹に寄りかかるようにして、亜樹は座り込んでいた。

おびただしいほどの藤の花房が、地面に降り積もり、亜樹の身体を半分ほど覆っている。

「亜樹！」

亜樹の名を呼びながら、彼のもとまで駆け寄った。

もともと透けるように白い膚《はだ》は、いっそう青ざめていた。生気のかけらもなくなった青紫の唇は、満足そうに、わずかにつり上がっている。

眠るように目を閉じながら、彼は微笑んでいた。

(藤の君を殺した刀)

亜樹の胸には、あの刀が刺さっていた。

「嫌だ……ッ、ねえ、目を覚まして」

未砂は膝《ひざ》をついて、亜樹の両肩を揺する。

だが、亜樹は身じろぎもしない。

恐る恐る、亜樹の手首に触れる。すでに脈は絶えてしまって、彼の命が潰《つい》えたことを伝えてくる。

死者はよみがえらない。

二度と会えない場所に旅立ってしまった人には、手が届かないことを、十年前にも未砂は思い知っている。

(それでも。……っ、諦《あきら》められない)

「藤の君」

未砂は祈るような声で、神を呼んだ。

亜樹の身体に降りた神は、まだそこにいるかもしれない。

（藤の花は、まだ枯れていない）

その憎悪によって、永遠に枯れることのない花を咲かせていたならば――。

花が咲く限り、そこに神はいる。

亜樹は神を降ろしたまま自死することで、神を殺そうとした。だが、まだ神を殺しきれてはいないのではないか。

しん、とした静寂が、あたりに満ちる。降りしきる雨のなかにいながらも、雨音すらも聞こえなくなった。

直後、脳髄を揺さぶるような笑い声が響く。


「娘。誰の許しを得て、私を呼ぶ？」

亜樹の唇から零《こぼ》れているのに、亜樹の声ではないと思った。

閉ざされていたまぶたが開かれる。

未砂の姿を映したそのまなざしは、いつもの亜樹のものではなかった。

蜜《みつ》をとかしたように甘く、未砂のことを、大事だな、と思ってくれていることが伝わってくるような眼差《まなざ》しではなかった。

「そこに。そこに、いらっしゃるのですね？」

「確信があったから、私を呼んだのだろう？　白々しい」

いまの未砂は、亜樹という器を通して《藤の君》と対峙《たいじ》しているのだろう。

相手は、千年も昔を生きた人だ。

古い言葉は、いまの言葉とは違う。本来、こんな風に言葉が通じることさえも奇妙なことだった。

相手の言葉が分かるのは、亜樹という器を通してこそだろう。

「亜樹も。あの人の魂も、そこにいますか？」

「いる。直に、どこぞに消えるだろうが。──たった一人の幸福のために、神をも殺そうとするなど正気の沙汰《さた》ではない。だが、気に入った。ここまで覚悟を決めた男ならば、道連れとなるのも一興だろう」

「本当に、それでよろしいのですか？　それで、あなたの望みは叶《かな》うのですか？　藤の君。あなたの望みを教えてください」

「私の望み？　あの女を憎むことではないか？　千年もの間、私の心にあったのは、あの女への憎悪だけだった」

「いいえ。憎しみだけじゃない。同じくらい愛していらっしゃったのでしょう？　だから、身体が朽ちて、魂だけの姿になっても忘れられなかったんです。──あなたの望みは、本当に、その人を憎むことですか？」

未砂にはそうは思えなかった。愛《いと》しい女に殺されたとき、憎悪よりも先に、藤の君の心に浮かんだ思いがあったはずだ。

「……分からぬ」

「分からないなら、探しましょう？　あなたは、きっと、自分の望みが分からなくなっています。憎しみでいっぱいになって、自分の心を見失っている」

(亜樹は言ってくれた。何が好きなのか、何が欲しいのか、分からないわたしに、一緒に探そう、と。だから、わたしだって、きっと誰かに同じことができる)

「あなたの望みを一緒に探します。そのためにも、わたしが見つけます。あなたの愛した人が、どうして、あなたを殺したのか」

藤の君は、目を見張った。

その反応から、未砂は確信を得る。

(やっぱり知らないんだ。どうして裏切られて、殺されたのか)

亜樹や隆成、他の宝条の一族の者たちも、千年前に起きた悲しい事実を語るだけで、そこに至るまでの経緯を明かさなかった。

意図的に明かさなかったのではなく、そもそも記録が残っていないのだ。

「あの女は、私のことなど愛していなかったのであろう」

「あなたには特別な力があった。あなたは正しい道を、自分の利になる道を選ぶ力があった。それなのに殺されたことには、きっと、理由がある」

千年も憎み続ける道こそが、正しかったのであれば。

選ばなかった道には、もっと恐ろしい出来事が待っていたのではないか。おそらく、そこに花嫁が《藤の君》を殺さねばならなかった理由がある。

「あなたの魂を慰めるために必要なのは、あなたが愛した人の心でしょう？　それだけが、あなたを鎮める唯一のもの」

他のものでは足りないのだ。

藤の君を鎮めるために必要だったのは、仮初の婚姻ではない。代わりの花嫁では意味がない。

彼が心から愛して、望んでいた人の心が必要だ。

それだけが、誰も犠牲にならず、誰も悲しまず、藤の君を鎮める方法だ。

「お前に探し出せるのか？　あの女の心が」

「探してみせます。だから、どうか亜樹を連れていかないでください」

未砂の胸に迷いはなかった。

未砂の幸福のために、亜樹は命をかけてくれた。ならば、未砂だって、彼の未来のために命をかける覚悟があった。

「よかろう、娘。お前が、あの女の真実を探し出すというのならば、この男、生かしてやる」

「……っ、ありがとう、ございます」

「礼は要らぬ。神との約束だ、決して違《たが》えるなよ。違えたときに、私の憎悪は数多《あまた》の命を奪うだろう」

藤の君は目を閉じた。

亜樹の胸から、刀が落ちる。

血だらけになっていた胸元は、衣まで含めて、元どおりになっていた。

冷たくなっていた亜樹の身体に熱が戻り、頬に赤みが差した。長い睫毛《まつげ》が震えて、美しい藤色の目があらわになる。

「良かった」

亜樹は眉《まゆ》をひそめて、未砂の両肩を掴《つか》んだ。

「どうして。どうして、約束なんて交わした⁉ 分かっているの？ 神と約束するということが、どんな意味を持つのか。こちらから反故《ほご》にすることはできない！ 違えたときには恐ろしい祟《たた》りになる。やっと。やっと、君は自由に……、幸せに、なれるはずだったのに」

「……っ、ばか！」

未砂の瞳《ひとみ》から、大粒の涙が零れる。

「どうして、泣いているの？」

「ぜんぶ勝手に、一人で決めて。わたしたち家族でしょう？」

「家族といっても仮初のものだ。俺みたいな出来損ないは、……太陽みたいな、君とは釣り合わない」


以前も、亜樹は言った。

未砂のことを、太陽みたい、と。

その言葉に感じたのは、喜びよりも寂しさだった。

「太陽とか、よく分からないこと言って、勝手に、わたしに夢を見ないでよ。あなたと同じ人間だもの。人より不幸かもしれないけれど、あなたと同じように笑って、泣いて、生きている。だから」

自分は、決して、亜樹の想像するような立派な人間ではない。

人並みに理不尽には泣いて、飲み込めないことだってある。一人で生きてゆく強さも持てない、少しだけ不幸が多いだけの娘だ。

「わたしが好きだって言うのなら、ちゃんと手を伸ばして。あなたの手の届く場所にいるから。だいたい、わたしがまぶしく見えるのは、あなたが暗いところにいるからでしょう。おんなじ明るいところに出てきてよ、自分の意思で！」

「どうして。どうして、同じ明るいところになんて行けるの？　無理だよ。だって、俺には何の価値もないんだから」

亜樹は声を震わせる。

まなじりには涙の一粒も輝いていない。それなのに、未砂には泣いているように見えた。

「俺なんて生まれなければ良かった。俺たちの御先祖様が、俺たちの血が、何の罪もない君を傷つける。それなのに、俺は君に救われてしまった。だから、この命、君のために使いたかった」

「あなたが死んで、わたしの不幸が消えたとして。わたし、あなたのことを一生、引きずる。自分のために死なせてしまった人として」

「傷にしてほしかった。ずっと、俺のことを忘れないでいてくれるなら、それ以上の幸福なんてない。君のために死んで、君の一生の傷になりたかった」

亜樹は嬉《うれ》しそうに顔を綻《ほころ》ばせた。

未砂は、堪《たま》らず、亜樹の身体を抱きしめていた。

亜樹のことを大人の男だと思っていた。社会的地位があって、自立していて、中途半端な未砂と違って、立派な人だと感じていた。

だが、抱きしめた彼は、小さな子どものようだった。

たくさんの傷を抱えているだろうに、その傷が膿《う》んでゆくことを黙って受け入れた。

痛くて堪らないだろうに、誰にも助けを求めることがないまま、きっと笑うことができてしまう。

なんて寂しい人。

寂しくて、いじらしくて、可愛い人だろう。

「忘れないでほしいの？　ずっと」

「……忘れないでほしい」

「なら、わたしのために死ぬんじゃなくて、あなたはあなたとして生きて。生きて、わたしの近くにいたら、あなたのこと忘れたりしない。……それに、一緒に見つけてくれるんでしょう？　わたしの欲しいものを。亜樹がいないと、わたし、ずっと欲しいものが分からないもの」

未砂は、亜樹を抱きしめる腕に、ぎゅっと力を込めた。

六、

天が涙するように、雨の降る夜のことだった。

(ひどい雨だ)

宝条の先代——当時は、当主であった宝条栄嗣の運転する車、その後部座席に乗りながら、亜樹は窓の外を眺めていた。

普段、栄嗣とほとんど関わりがないから、亜樹は知らなかった。

足を悪くしているというのに、栄嗣が運転できることを。もしかしたら、栄嗣は意図的に隠していたのかもしれない。

運転はできないと思わせていた方が、都合が良いことがあったのだろう。

(今日みたいに、こっそり出かけるときに?)

藤庭から出て、数時間。

何処に向かっているのか分からなかった車は、高速道路を下りて、都心を通り過ぎ、郊外にある古い一軒家の前に停まった。

栄嗣はシートベルトを外してから、助手席に置いていた花束を手に取った。

冬だというのに、わざわざ用意したのだろうか。

小さなひまわりで作られた花束だった。

栄嗣は宝物でもあつかうかのように、大事に花束を抱えた。そうして、何も言わずに、傘を差しながら車を降りていった。

亜樹も傘を手にして、慌てて、栄嗣を追いかけた。

「《藤の君》からは逃げられなかったか」

栄嗣はつぶやいた。

その家の門には、その家で不幸——人の死があったことを示すように、忌中札が貼られていた。

亜樹はようやく、栄嗣が藤庭を出て、このようなところまで来た理由を知った。

その手にある花束も、故人のために用意したのだろう。

ひまわりは、供花にしては珍しい花に思えたが、故人が好きな花だったのかもしれない。

ただ、亜樹は不思議でもあった。

いつも冷徹で機械のような栄嗣に、わざわざ弔いたいと思えるような相手がいたことが。

（……？　女の子？）

ふと、亜樹は気づく。

門から少し離れたところに、真っ黒なワンピースを着た女の子が立っていた。傘も差さずに、彼女はぼんやりと宙を見上げていた。

「気になるか？　あの娘が」

「……はい」

少女は背を向けており、顔も分からない。

それなのに、どうしてか強く視線を奪われた。

「血は争えないか。気になるならば、声を掛けてきなさい。……その方が、あの娘にとっても良いのかもしれないな」

まるで独り言のようにつぶやいてから、栄嗣は笑う。このとき、はじめて亜樹は父親の笑う姿を見た。

「御当主様は、どちらに？」

「私の用事は、呆気《あっけ》なく死んでしまった女だからな。あの娘ではない」

そう言って、栄嗣は一人だけ門をくぐった。

亜樹は、門の表札を見て、はっとする。

片城。

それは出来損ないの亜樹でも聞いたことのある家名だった。

亜樹たちの先祖——《藤の君》を裏切った女の末裔《まつえい》は、片城という名の一族だったという。

藤庭の外で暮らしている理由は分からなかったが、どうして、あの女の子が気になるのかは分かった。

きっと、亜樹の身にも、《藤の君》の血が流れているからだ。

亜樹は、雨に打たれている少女のもとに向かった。

(亡くなったのは、この子にとって大事な人?)

亜樹は自分が濡《ぬ》れることも構わず、少女の頭上に傘をかざした。

「大丈夫?」

雨が遮られたことで、はじめて少女は亜樹の存在に気づいたらしい。

振り返った彼女は、驚いたように目を丸くした。

凛《りん》とした顔立ちの少女だった。

亜樹よりも背は高いが、ほっそりとした手足は、未熟な子どものものだった。おそらく亜樹よりも年下の少女だ。

雨のなか、ずっと立ち尽くしていたのだろう。

彼女は自分の頭上にかざされた傘を見る。

「ありがとう、ございます」

少女らしい甘さはなかったが、落ちついた声だった。夜の静寂のなか、不思議なほどよく通る声であった。

「こんな遅くに一人だと危ないよ。ご両親が心配する」

一般的な、ごくふつうの親とは、きっと子どもを心配するものだ。

そう言いながらも、亜樹は自信がなかった。

自分は、ふつうの親のもとに生まれなかった。

母の顔も生死も知らず、父である人は無関心だ。他の親族だって、亜樹のことを要らない子どもとしてあつかう。

(隆成様だけで良かった。俺は生まれるべきじゃなかった)

宝条の一族にとって、必要なのは隆成だけだった。

隆成以外は、生まれてはならなかった。

宝条の本家に生まれる男児は、一代に一人と決まっていた。

亜樹が生まれたことで、前例が覆されてしまった。そのせいで、ずっと一族が揉《も》めていることも知っていた。

「きっと、両親は心配しません。母が亡くなったので」

亡くなったのは、少女の母であったのか。

「お父様は？」

「呼んでも、返事がなくて。ずっと泣いているんです」

妻を亡くした悲しみでいっぱいで、少女を心配するどころではないのだという。

「……君は？　君は、泣かないの」

「泣いちゃダメなんです。お母さんは、未砂の……わたしのせいで怖い目に遭って、死んじゃったから。わたしの誕生日だから、ケーキを買いに行ってくれたんです。わたしのせいで、帰って来れなかったんだって」

亜樹は堪《たま》らなくなった。

自分のことを未砂と呼んだ少女。彼女の母親が亡くなった件について、亜樹は詳細を知らない。

だが、出先で何か恐ろしい出来事に巻き込まれたとしたら、彼女の母親を殺したのは、その恐ろしい出来事だ。

「そんなの君の責任じゃない。君のお母様だって、きっと、そう言うよ。君のために、ケーキを買ってきてくれるような素敵な人なんでしょう？」

怒りで、目の奥が熱くなった。

未砂には何の責任もないというのに、まだ子どもの彼女に向かって、ひどいことを言った大人がいるのだ。

この女の子を悲しませた誰かが、許せなかった。

「お兄さんの方が、泣いているみたいです」

未砂は一歩踏み出すと、亜樹の頰に片手を伸ばしてきた。

雨に打たれて冷たくなった手のひらが、亜樹の頰を撫《な》でた。小さな手だったが、不思議と包み込まれているような安心感があった。

「大丈夫？　お兄さんも悲しいことがあったんですか？」

一瞬、何を言われたのか分からなかった。

母を亡くしたばかりの女の子だ。

彼女を守ってくれるはずの父親は役に立たず、心ない大人たちから、お前のせいで母親が死んだ、なんて、ひどい言葉を浴びせられた子だった。

それなのに、彼女は自分のことを置いて、亜樹を心配した。

「悲しいことがあったのは、君でしょう？　ううん、これからだって、悲しい目に遭うんだ。君は不幸になる」

片城の女は《藤の君》に祟《たた》られている。

だから、不幸になるしかない。

藤の君が抱く憎悪が消えない限り、彼女たちの身には、人の道理も自然の摂理も通用しない不幸が降りかかる。

「そうなんですか？　でも、わたしよりも、お兄さんの方が悲しくて、不幸せに見えます」

不幸せ。

亜樹は、自分は不幸なのだろうか、と自問する。

そんなことは考えたこともなかった。

「分からない。だって、幸せだって思ったことがないから」

幸福を知らないから、あたたかいものを知らないから、これが不幸なのかも判断がつかない。

「じゃあ、わたしが幸せを教えてあげます」

「どうやって？」

未砂はしばらく考え込んだ後、良い案が浮かんだ、と笑った。


「お兄さんと結婚します」

彼女の口から零《こぼ》れたのは、突飛な言葉だった。

「お母さんは言っていました。お父さんと結婚したとき、幸せがどんなものか分かったんだって。結婚したら、きっと幸せになれるんだと思います」

「はじめて会った良く分からない人に、結婚する、なんて言っちゃダメだよ」

「良く分からない人じゃないです。傘を差してくれました。わたしのことを放っておけなかった、優しい人」

「こんなの大したことじゃない。俺以外の誰かだって、きっと、君に同じことをするよ」

「でも、わたしに傘を差してくれたのは、お兄さんです。誰かじゃない。お兄さんは、わたしが不幸になるって言ったけど。本当に、そうなるのかもしれないけれど。……それでも、わたしは、きっと大丈夫。だって、お兄さんが、大丈夫？　と心配してくれた。嬉《うれ》しかったの」

「……そっか。俺も、君が、大丈夫？　と心配してくれたことが嬉しかったよ。はじめて人間になれたみたいだった」

「じゃあ、やっぱり結婚しましょう。結婚したら、お兄さんの傍にいて、ずっと大丈夫？　と言ってあげるから」

「俺で良いの？」

「あなたが良いです」

亜樹の人生で、空っぽの亜樹を選んでくれた人はいなかった。亜樹に何かを与えようとしてくれる人だっていなかった。

分かっている。

きっと、この女の子は、目の前にいるのが亜樹でなくても、亜樹に向けたものと同じ優しさを与えようとする。

(でも、それは嫌だな)

亜樹は彼女の小さな手のひらに、甘えるように、そっと頬をすり寄せた。

「約束してくれる？　大人になったら、俺と結婚する、と」

彼女は微笑みながら、小さく頷《うなず》いた。

この女の子が、亜樹の傍にいてくれたら良いのに。

何も持っていない亜樹にだけ、優しくしてくれたら良いのに。

◇◆◇◆◇

亜樹が目を覚ましたのは、白い病室だった。

外は薄暗く、ちょうど夜明けの頃合いらしい。ほんのわずかに開かれたカーテンの隙間から、朝焼けの光が洩《も》れていた。

（総合病院の、個室かな？）

藤庭にある総合病院は、宝条の傘下なので、なんとなくの造りは知っている。これだけの個室があるのは、藤庭では総合病院だけだった。

ベッドの傍にある丸椅子で、少女が目を閉じていた。

「ごめんね。死に損なって」

本当ならば、亜樹は死ぬはずだった。この女の子の不幸の原因たる神を殺して、彼女の一番の傷になるはずだったのだ。

「阿呆《あほう》。本家も分家も、上から下まで大騒ぎだぞ」

亜樹は顔をあげる。

ノックもせず、病室の扉を開けたのは異母兄の隆成だった。ひどく疲れたような表情をしている。

「そうなの？　どうでも良いな」

「当主の台詞《せりふ》とは思えない。だいたい、宝条の繁栄を捨てて、神を殺そうとするなど。正気の沙汰《さた》ではない」

「ずっと正気じゃないから仕方ないね。……殺せなかったなあ」

亜樹の望みは叶《かな》わなかった。

それどころか、未砂と藤の君の間に、厄介な約束が結ばれてしまった。

千年前に藤の君を殺した花嫁の心を、藤の君が殺された理由を、未砂が探さなくてはならない。

（神との約束だ。こちらから破棄することはできない）

そのうえ、未砂の不幸も消えてはいないだろう。

藤の君は、いったん引いてはくれたが、いまだ憎悪を抱えたままだ。つまり、祟ることを止めたわけではない。

「皆が皆、お前を当主から引きずり下ろす、と息巻いている」

「君も？　当主の座なんて、どうでも良いからあげようか？」

「ふざけるな。面倒事だけ押しつけるつもりか」

「当主になりたかったのは、未砂のため。もう、うんざり。顔も見たくないような御老人たちの相手をするのも、あちこちを駆けずり回るのも。当主の仕事なんかより優先することもあるし」

藤の君との約束を果たすために、未砂を手伝わなければならない。面倒な当主の仕事などしている場合ではないのだ。

「……私が当主になったら、そこの女は貰《もら》うぞ」

「は？」

「片城の女は、当主の妻だ。当主ではなくなったお前のもとには置いておけない。どうする？　そこの女も、私の相手は嫌がるぞ」

隆成の視線が、ベッドの近くに向けられる。

いつのまにか起きていたらしく、未砂は気まずそうに、隆成から視線を外した。

「性格が合わないと思います。わたし、強引な男の人は好きじゃないので」

「私の台詞だ。気が強くて、すぐに手が出るようなじゃじゃ馬は要らない」

隆成はそう言って、亜樹たちの前から去った。

ああやって悪態をついているが、それなりに後始末はしてくれるのだろう。亜樹のことは嫌っているが、宝条の一族や藤庭のことは大事にしている男だ。

それらに混乱が起きているのなら、治めるために動く。

「死に損なった、なんて。ひどい言葉」

亜樹は苦笑する。

亜樹たちの話の途中で起きたのかと思ったが、どうやら最初から起きていたらしい。亜樹の謝罪も、ばっちり聞こえていたのだ。

「本当に、死に損なったからね。君のために死ぬつもりだったのに」

「そんなことされても、ぜんぜん嬉しくない。――今度、同じことを言ったら、わたしにも考えがある。勝手に死んだら、亜樹のことなんてすぐ忘れるから」

「それは。それは嫌だな」

彼女に忘れられるのは、死ぬよりも恐ろしかった。

「嫌なら、きちんと休んで元気になってね。自覚あるのか分からないけど、衰弱しているから絶対安静。あと、あんなことがあったので、全身くまなく検査するらしいよ。二週間は入院だって。可哀そう、大晦日《おおみそか》もお正月も病院で」

「やった。大晦日も正月も面倒なことばかりだから、病院にいる方が良い。未砂も一緒にいてくれるんだよね？」

「そんな嬉しそうにしないでよ。こっちは、可愛い弟との約束を破って、藤庭に残ったんだから。本当だったら、年末は、弟と一緒に荷物整理だったのに」

「荷物整理？　御実家の？　あんなの急がなくても良いのに。とっくに俺が買い取ることで話はついているから……」

そこまで言って、亜樹は、あれ、と思う。

そういえば、未砂には話してなかったかもしれない。

未砂は目を丸くして、それからうつむいてしまった。彼女の目に涙が溜《た》まっていたのは、おそらく亜樹の見間違いではない。

「み、未砂？　ごめんね。話していなかったっけ？」

亜樹は慌てて、泣いている少女のことを慰めた。

終

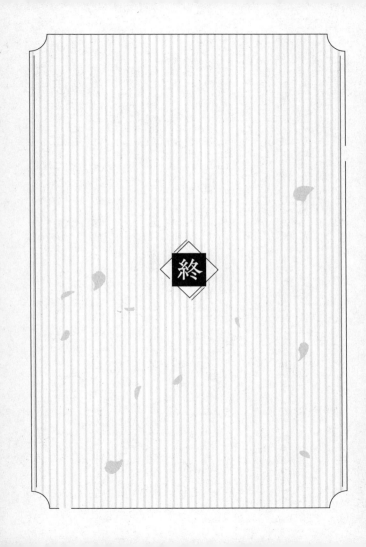

遠くに、鮮やかな藤の花が見える。

宝条邸の渡り廊下に立って、未砂は足を止めた。

藤の花は、本来、いまの時季に咲くような花ではない。

季節を問わずに咲く、そんな異常が今日まで続いていることは、まさしく神がいる証《あかし》なのだろう。

藤の根元に埋められた神。

愛した女の裏切りにより非業の死を遂げて、祟《たた》りを引き起こした貴人は、死んでもなお捨てることのできない憎悪を抱えている。

どれだけの時が流れても、その憎悪は尽きることがない。

あの花は、彼《か》の人の憎悪を吸って、永遠を刻むように咲き続けている。

(でも、憎悪ではなく。もっと別の気持ちになれたら良いよね。本当のことを知ったら、そんな気持ちになってくださるかもしれない)

藤の君には、正しい道を選ぶ力があった。

それなのに、彼は花嫁に殺されてしまった。それは裏を返せば、殺されなかった方が、もっと恐ろしい何かに繋《つな》がったということではないか。

千年も昔に起きた悲劇には、何か事情が隠されている。

「寒いんだから、中に入ったら？」

未砂は振り返った。淡い茶髪に藤色の目をした男が、ゆっくりと未砂のもとに歩いてくる。

「退院、明後日《あさって》って言ってなかった？　病院まで迎えにいくつもりだったのに」

「わざわざ病院まで来てもらうのも申し訳なかったし、君がいなくなってないか不安だったから」

「何も言わずにいなくなるなんて、そんな薄情なことしないもの。亜樹じゃないんだから」

未砂に何も言わず、勝手に死のうとした男は苦笑する。

「ごめん」

「良いよ、生きてくれたから。……雨だ。出逢《であ》ったときのこと、思い出すね」

灰色の冬空から、雨が降りはじめていた。

「うん。雨、けっこう好きなんだ。君と出逢ったときのことを、雨が降る度に、何度も思い出していたから。――大丈夫？　って聞いてくれた君の声は、俺にとって何よりも勇気をもらえるものだった」

「たったそれだけのことで、好きになってしまうくらい？」

「たったそれだけのことが、いちばん欲しいものだったんだよ」

亜樹の生い立ちに思いを馳《は》せる。つらい思いをしてきた彼に、口が裂けても、その苦しみが分かるとは言えない。

言えないが、未砂のたったそれだけの言葉が、彼の人生を照らす小さな光になっていたのなら良かったと思う。

「わたし、あなたが思うよりもずっとくだらない人間だよ。人よりも少し不幸なだけの、どこにでもいるような人間。それでも好きなの？」

「知っているよ。それでも、俺の気持ちは変わらない。……ほら、藤の君が殺された理由を探さなくてはならないだろう？　俺たち、まだ離婚しない方が良いと思うんだよね」

「零点。やり直し。プロポーズなら、もっと別の言い方をして」

亜樹は落ち込んだように眉《まゆ》を下げた。

叱られた子どもみたいな顔が、かえって愛《いと》おしく思えた。この人は、案外、不器用な人なのだ。

自分からは、ほしいものに手を伸ばすことができない。

それでも、亜樹の口から、しっかり言ってほしかった。

「君がいないと寂しいんだ。だから、できれば一緒にいてほしいな。花嫁さん」

未砂は笑う。

「期間限定ね、旦那《だんな》さま」

契約では、離婚は互いの同意のもと行う。だから、いつか亜樹とは円満に離婚するのだろう。

だが、きっと、今ではない。

このまま彼のことを放っておくことができなかった。

亜樹を好きかと言われると、分からない、というのが正直なところだ。

それでも、彼が幸せになるまでは、見守りたかった。小さな未砂が、彼を幸せにしてあげる、と約束したならば、その約束を守りたい。

「しようがないから、あなたが幸せになるまでは一緒にいてあげる」

未砂は背伸びをして、そっと、亜樹の頰に触れた。優しく慰めるように、彼の頰を撫《な》でた。

十年前、幼かった自分がそうしたように。

本書は書き下ろしです。

この物語はフィクションであり、実在の人物・地名・団体等とは一切関係ありません。

祟《たた》り神《がみ》さまの災愛《さいあい》なる花嫁《はなよめ》

東堂《とうどう》燦《さん》

令和７年 ４月25日　初版発行

発行者●山下直久

発行●株式会社KADOKAWA
〒102-8177　東京都千代田区富士見2-13-3
電話　0570-002-301（ナビダイヤル）

角川文庫 24624

印刷所●株式会社暁印刷
製本所●本間製本株式会社

表紙画●和田三造

●お問い合わせ
https://www.kadokawa.co.jp/（「お問い合わせ」へお進みください）
※内容によっては、お答えできない場合があります。
※サポートは日本国内のみとさせていただきます。
※Japanese text only

ISBN 978-4-04-116103-6　C0193

◇◇◇

角川文庫発刊に際して

角川源義

第二次世界大戦の敗北は、軍事力の敗北であった以上に、私たちの若い文化力の敗退であった。私たちの文化が戦争に対して如何に無力であり、単なるあだ花に過ぎなかったかを、私たちは身を以て体験し痛感した。西洋近代文化の摂取にとって、明治以後八十年の歳月は決して短かすぎたとは言えない。にもかかわらず、近代文化の伝統を確立し、自由な批判と柔軟な良識に富む文化層として自らを形成することに私たちは失敗して来た。そしてこれは、各層への文化の普及滲透を任務とする出版人の責任でもあった。

一九四五年以来、私たちは再び振出しに戻り、第一歩から踏み出すことを余儀なくされた。これは大きな不幸ではあるが、反面、これまでの混沌・未熟・歪曲の中にあった我が国の文化に秩序と確たる基礎を齎らすためには絶好の機会でもある。角川書店は、このような祖国の文化的危機にあたり、微力をも顧みず再建の礎石たるべき抱負と決意とをもって出発したが、ここに創立以来の念願を果すべく角川文庫を発刊する。これまで刊行されたあらゆる全集叢書文庫類の長所と短所とを検討し、古今東西の不朽の典籍を、良心的編集のもとに、廉価に、そして書架にふさわしい美本として、多くのひとびとに提供しようとする。しかし私たちは徒らに百科全書的な知識のジレッタントを作ることを目的とせず、あくまで祖国の文化に秩序と再建への道を示し、この文庫を角川書店の栄ある事業として、今後永久に継続発展せしめ、学芸と教養との殿堂として大成せんことを期したい。多くの読書子の愛情ある忠言と支持とによって、この希望と抱負とを完遂せしめられんことを願う。

一九四九年五月三日